真田幸村と十勇士

奥山景布子・著
RICCA・絵

JN242548

集英社みらい文庫

目次《もくじ》

真田幸村《さなだゆきむら》
真田昌幸《さなだまさゆき》の次男《じなん》。秀吉《ひでよし》に恩義《おんぎ》を感《かん》じ、大坂《おおさか》の陣《じん》で秀頼《ひでより》を守《まも》り戦《たたか》う。
真田昌幸《さなだまさゆき》
信濃国《しなののくに》、上田城《うえだじょう》城主《じょうしゅ》。信之《のぶゆき》・幸村《ゆきむら》の父《ちち》。いくさ上手《じょうず》と名高《なだか》い。
猿飛佐助《さるとびさすけ》
甲賀流《こうがりゅう》忍者《にんじゃ》。幸村《ゆきむら》の指示《しじ》で、清海入道《せいかいにゅうどう》と諸国《しょこく》へ旅《たび》に出《で》る。
三好清海入道《みよしせいかいにゅうどう》
十勇士《じゅうゆうし》の中《なか》で最《もっと》も年上《としうえ》の、大柄《おおがら》の僧《そう》。重《おも》い鉄棒《てつぼう》をふりまわす。
海野六郎《うんのろくろう》
古《ふる》くから幸村《ゆきむら》につかえている。つねに沈着冷静《ちんちゃくれいせい》。
穴山小助《あなやまこすけ》
雰囲気《ふんいき》が幸村《ゆきむら》に似《に》ていて、影武者《かげむしゃ》をつとめる。
筧十蔵《かけいじゅうぞう》
鉄砲《てっぽう》の名手《めいしゅ》で、確実《かくじつ》に獲物《えもの》をとらえる。

真田家《さなだけ》

大助《だいすけ》

幸村《ゆきむら》・りよの長男《ちょうなん》。

小松《こまつ》

徳川家《とくがわけ》の家臣《かしん》となった信之《のぶゆき》（幸《ゆき》村《むら》の兄《あに》）の妻《つま》。

りよ

幸村《ゆきむら》の妻《つま》。

十勇士《じゅうゆうし》たち

望月六郎《もちづきろくろう》

火薬《かやく》のあつかいや爆弾《ばくだん》づくりが得意《とくい》。

三好伊三入道《みよしいさにゅうどう》

清海入道《せいかいにゅうどう》の弟《おとうと》。同《おな》じく僧《そう》で、鉄棒《てつぼう》づかい。

由利鎌之助《ゆりかまのすけ》

佐助《さすけ》たちが旅《たび》の途中《とちゅう》で出会《であ》う。槍術《そうじゅつ》が得意《とくい》。

根津甚八《ねづじんぱち》

熊野《くまの》で幸村《ゆきむら》と出会《であ》う。水《みず》のことにくわしい。

霧隠才蔵《きりがくれさいぞう》

女《おんな》のような美《うつく》しさが特徴《とくちょう》の伊賀流忍者《いがりゅうにんじゃ》。

まえがき～本書《ほんしょ》を手《て》にとってくださったみなさんへ～

この本《ほん》を手《て》にしてくださったということは、戦国時代《せんごくじだい》や戦国武将《せんごくぶしょう》が好《す》きな人《ひと》、それとも、真田幸村《さなだゆきむら》のファン？　あるいは、猿飛佐助《さるとびさすけ》や霧隠才蔵《きりがくれさいぞう》といった忍者《にんじゃ》のファンでしょうか。

これからこの本《ほん》ではじまるのは、戦国武将《せんごくぶしょう》の中《なか》でも人気《にんき》の高《たか》い真田幸村《さなだゆきむら》と、その家来《けらい》である十人《にん》の勇士《ゆうし》たちの活躍《かつやく》と冒険《ぼうけん》を描《えが》いた「物語《ものがたり》」です。

「物語《ものがたり》」です、とわざわざお断《ことわ》りするのには、理由《りゆう》があります。

歴史《れきし》にくわしい人《ひと》や、みらい文庫《ぶんこ》の伝記《でんき》シリーズ『戦国《せんごく》ヒーローズ!!』を読《よ》んでくださった人《ひと》はきっと、真田幸村《さなだゆきむら》＝《イコール》真田信繁《さなだのぶしげ》、と理解《りかい》していると思《おも》います。

それは決《けっ》してまちがいではないのですが、じつは、今現在《いまげんざい》、いろんなところで「真田《さなだ》幸村《ゆきむら》の物語《ものがたり》」として語《かた》りつがれているお話《はなし》には、歴史上《れきしじょう》の真田信繁《さなだのぶしげ》の記録《きろく》とはちがうものが、たくさん含《ふく》まれています。

また、「十勇士《じゅうゆうし》」として長年愛《ながねんあい》されてきた人々《ひとびと》も、

・まったくの架空《かくう》と考《かんが》えられる人物《じんぶつ》

　例《れい》：猿飛佐助《さるとびさすけ》、霧隠才蔵《きりがくれさいぞう》

・同名《どうめい》、またはよく似《に》た名《な》の人物《じんぶつ》が実在《じつざい》するが、史実《しじつ》とは一致《いっち》しない人物《じんぶつ》

　例《れい》：穴山小助《あなやまこすけ》、由利鎌之助《ゆりかまのすけ》、望月六郎《もちづきろくろう》、筧十蔵《かけいじゅうぞう》

・モデルとされる人物《じんぶつ》がいるが、史実《しじつ》とは一致《いっち》せず、名前《なまえ》も別《べつ》の人物《じんぶつ》

　例《れい》：三好清海入道《みよしせいかいにゅうどう》（三好政康《みよしまさやす》）、三好伊三入道《みよしいさにゅうどう》（三好政勝《みよしまさかつ》）

・姓《せい》のみが真田家《さなだけ》（または武田家《たけだけ》）の家来《けらい》とされる家系《かけい》と一致《いっち》する人物《じんぶつ》

　例《れい》：海野六郎《うんのろくろう》、根津甚八《ねづじんぱち》

のように、歴史上《れきしじょう》の人物《じんぶつ》とはまったく別《べつ》のキャラクターとして描《えが》かれています（猿飛《さるとび》佐助《さすけ》や霧隠才蔵《きりがくれさいぞう》にも、モデルがいるという説《せつ》もあります）。

さらに、戦《たたか》いのあった場所《ばしょ》や年月日《ねんがっぴ》、戦《たたか》ったとされる相手《あいて》なども、史実《しじつ》として現在《げんざい》、確認《かくにん》されていることとは、くいちがう内容《ないよう》がたくさん含《ふく》まれています。

なぜそんなに、事実《じじつ》とはちがうことが伝《つた》わるようになったのか。

この「物語《ものがたり》」をはじめる前《まえ》に、それについて、いくつかお話《はな》しさせてください。

真田《さなだ》信繁《のぶしげ》は、戦国時代《せんごくじだい》の終《お》わり、徳川家康《とくがわいえやす》が天下《てんか》をとるとき、最後《さいご》の最後《さいご》まで抵抗《ていこう》した武将《ぶしょう》として知《し》られています。

家康《いえやす》の開《ひら》いた徳川幕府《とくがわばくふ》が国《くに》を治《おさ》めるようになると、世《よ》の中《なか》は平和《へいわ》になりました。

しかし、一方《いっぽう》で、幕府《ばくふ》のやり方《かた》に不満《ふまん》を感《かん》じる人《ひと》や、徳川家《とくがわけ》をあまり快《こころよ》く思《おも》わない人《ひと》もいました。

そんな人々《ひとびと》は、心《こころ》のどこかで「もし、真田信繁《さなだのぶしげ》がまだ生《い》きていたら……、いや、まだ生《い》きているかも」と考《かんが》えたり、「真田《さなだ》は負《ま》けたけれども、じつはずいぶんぎりぎりまで、徳川家康《とくがわいえやす》たちを攻《せ》めて、おそれられていたんじゃないか」、あるいは「きっと今《いま》でも徳《とく》川家《がわけ》は真田家《さなだけ》をおそれているにちがいない」などと考《かんが》えたりして、空想《くうそう》の世界《せかい》、フィクションの世界《せかい》で、信繁《のぶしげ》を自分《じぶん》たちの心《こころ》のヒーロー＝真田幸村《イコールさなだゆきむら》として、活躍《かつやく》させるようになりました。

そうした空想《くうそう》の物語《ものがたり》は、人《ひと》から人《ひと》へと「伝説《でんせつ》」のように広《ひろ》がり、やがて本《ほん》にもなりましたが、江戸時代《えどじだい》には、広《ひろ》く一般《いっぱん》に出版《しゅっぱん》されることはありませんでした。

というのは、当時《とうじ》は今《いま》とちがい、本《ほん》やお芝居《しばい》などの娯楽《ごらく》の内容《ないよう》にも、「世《よ》の中《なか》を騒《さわ》がせるようなことが表現《ひょうげん》されていないか」と、幕府《ばくふ》がいつも目《め》を光《ひか》らせていたからです。

真田家《さなだけ》の人々《ひとびと》が活躍《かつやく》するような物語《ものがたり》を本《ほん》にして出版《しゅっぱん》すれば、「幕府《ばくふ》や徳川家《とくがわけ》を批判《ひはん》するものだ」として、きびしく処罰《しょばつ》されるのは、ほぼ誰《だれ》もが予想《よそう》できることでした。

そのため、真田幸村《さなだゆきむら》の物語《ものがたり》を作《つく》って楽《たの》しみたい人《ひと》は、こっそりと書《か》きました。そしてそれを読《よ》んで楽《たの》しみたい人《ひと》は、手書《てが》きのものを借《か》りて読《よ》むしかありませんでした。読《よ》んで気《き》に入《い》って、どうしても自分《じぶん》の手元《てもと》にも置《お》きたいと思《おも》ったら、借《か》りたものを手書《てが》きで写《うつ》したのです。

こうしてこっそりと伝《つた》わっていた真田幸村《さなだゆきむら》の物語《ものがたり》の代表的《だいひょうてき》なものが、『真田三代記《さなださんだいき》』です。

江戸時代《えどじだい》が終《お》わり、明治政府《めいじせいふ》ができると、一気《いっき》に状況《じょうきょう》が変《か》わりました。幸村《ゆきむら》の物語《ものがたり》は、大勢《おおぜい》の人《ひと》に堂々《どうどう》と楽《たの》しまれるものになり、たいへんな人気《にんき》になったのです。

その人気《にんき》を支《ささ》えたのは、主《おも》に「講談《こうだん》」とよばれる芸能《げいのう》でした（「講釈《こうしゃく》」ともいいます）。講談《こうだん》は、小《ちい》さな芝居小屋《しばいごや》のようなところに（「寄席《よせ》」とか「講釈場《こうしゃくば》」などといいます）お客《きゃく》を集《あつ》めて、昔《むかし》の有名《ゆうめい》な武将《ぶしょう》たちの勇《いさ》ましいお話《はなし》、心《こころ》を打《う》たれるお話《はなし》などを、ひとりで語《かた》って聴《き》かせる芸能《げいのう》で、明治時代《めいじじだい》から昭和《しょうわ》のはじめ頃《ごろ》には、とても人気《にんき》がありました。

『真田三代記《さなださんだいき》』をはじめとする、真田幸村《さなだゆきむら》の物語《ものがたり》は、講談《こうだん》の原作《げんさく》としてよく用《もち》いられました。

また、講談師《こうだんし》たちは、それぞれに工夫《くふう》し、新《あたら》しいお話《はなし》をつけ加《くわ》えたりして、よりおもしろい講談《こうだん》を作《つく》りあげようとしました。

すると、猿飛佐助《さるとびさすけ》のような、『真田三代記《さなださんだいき》』には登場《とうじょう》していない、新《あたら》しいヒーローの物語《ものがたり》もたくさん生《う》まれてきました。そうした物語《ものがたり》は、あまり史実《しじつ》にこだわらない、おおらかで自由奔放《じゆうほんぽう》なものが多《おお》く、ときには荒唐無稽《こうとうむけい》（現実味《げんじつみ》がほとんどなく、でたらめな様子《ようす》）でさえありましたが、当時《とうじ》の人々《ひとびと》の娯楽《ごらく》として、たいへんな人気《にんき》を得《え》ました。

こうして人気《にんき》のあった講談《こうだん》を、本《ほん》の形《かたち》にして出版《しゅっぱん》したのが、「立川文庫《たつかわぶんこ》」というシリーズです。

立川文庫《たつかわぶんこ》は、当時《とうじ》の子《こ》どもたちがおこづかいで買《か》えるくらいの金額《きんがく》で売《う》りだされ、またすべての漢字《かんじ》にふりがながついていました。川端康成《かわばたやすなり》や湯川秀樹《ゆかわひでき》といった、ノーベル賞《しょう》を受賞《じゅしょう》した日本《にほん》の偉人《いじん》たちも、子《こ》どもの頃《ころ》に立川文庫《たつかわぶんこ》の本《ほん》を愛読《あいどく》していたといいます。

真田幸村《さなだゆきむら》の物語《ものがたり》は、この立川文庫《たつかわぶんこ》の中《なか》で、「水戸黄門《みとこうもん》」や「一休禅師《いっきゅうぜんじ》」などのお話《はなし》と並《なら》んで、もっとも人気《にんき》のあるもののひとつでした。

今回《こんかい》、このみらい文庫《ぶんこ》では、「真田三代記《さなださんだいき》」および、立川文庫《たつかわぶんこ》の中《なか》の「真田幸村《さなだゆきむら》」「猿飛佐助《さるとびさすけ》」「霧隠才蔵《きりがくれさいぞう》」「三好清海入道《みよしせいかいにゅうどう》」を主人公《しゅじんこう》とした作品群《さくひんぐん》をもとにして、私自身《わたしじしん》の考《かんが》えたフィクションもつけ加《くわ》えて、新《あたら》しく、一冊《いっさつ》で楽《たの》しめる「真田幸村《さなだゆきむら》と十勇士《じゅうゆうし》」の物語《ものがたり》を作《つく》りました。

恩《おん》を受《う》けた豊臣秀吉《とよとみひでよし》が亡《な》くなった後《あと》、豊臣家《とよとみけ》を最後《さいご》まで守《まも》ろうとして、どこまでも徳川家康《とくがわいえやす》に抵抗《ていこう》した、気骨《きこつ》ある武将《ぶしょう》、真田幸村《さなだゆきむら》。

その幸村《ゆきむら》につかえ、それぞれに持《も》つ力《ちから》を最大《さいだい》に発揮《はっき》して生《い》きた、猿飛佐助《さるとびさすけ》をはじめとする十人《にん》の勇士《ゆうし》。

彼《かれ》らの物語《ものがたり》を、ぜひ楽《たの》しんでください。

この作品《さくひん》は、江戸時代《えどじだい》に成立《せいりつ》したといわれる『真田三代記《さなださんだいき》』、明治《めいじ》～大正時代《たいしょうじだい》に刊行《かんこう》された立川文庫《たつかわぶんこ》『智謀《ちぼう》　真田幸村《さなだゆきむら》』『真田三勇士忍術名人《さなださんゆうしにんじゅつめいじん》　猿飛佐助《さるとびさすけ》』『真田《さなだ》三勇士忍術名人《さんゆうしにんじゅつめいじん》　霧隠才蔵《きりがくれさいぞう》』『真田家豪傑《さなだけごうけつ》　三好清海入道《みよしせいかいにゅうどう》』の中《なか》のエピソードをもとに、さらに著者《ちょしゃ》の創作《そうさく》を交《まじ》えて物語《ものがたり》を構成《こうせい》しています。

歴史上《れきしじょう》の人物《じんぶつ》である真田幸村《さなだゆきむら》（信繁《のぶしげ》）を主人公《しゅじんこう》にしていますが、史実《しじつ》とは異《こと》なる部分《ぶぶん》が多《おお》くありますことをおことわりいたします。

（歴史上定説《れきしじょうていせつ》とされる年表《ねんぴょう》と、この物語《ものがたり》の中《なか》の年表《ねんぴょう》を、あわせて１９８～１９９ページに掲載《けいさい》しています）

一、幸《ゆき》村《むら》と佐《さ》助《すけ》

狩《か》り

天正《てんしょう》九（1581）年秋《ねんあき》——。

*信濃国《しなののくに》上田城《うえだじょう》の門《もん》が開《ひら》き、二百名《ひゃくめい》ほどの兵《へい》がばらばらばらっと駆《か》けだしていった。

どの者《もの》もよく日《ひ》に焼《や》けて筋骨《きんこつ》たくましい、見《み》るからに日々《ひび》きたえられた兵《へい》ばかりである。

「おお、真田《さなだ》の若《わか》さまのお出《で》ましだ」

「幸村《ゆきむら》さまだ。狩《か》りに行《い》かれるのだな。お勇《いさ》ましいことだ」

近隣《きんりん》の村《むら》に住《す》む者《もの》たちは、口々《くちぐち》にそう言《い》いながら、兵《へい》たちを見送《みおく》った。

つやつやと毛並《けな》みのよい馬《うま》にまたがり、鳥居峠《とりいとうげ》に向《む》かう兵《へい》たちの指揮《しき》をとるのは、上田城《うえだじょう》の主《あるじ》・真田昌幸《さなだまさゆき》の次男《じなん》・幸村《ゆきむら》である。

「深追《ふかお》いをするな。全体《ぜんたい》の陣《じん》の広《ひろ》がりを考《かんが》えて動《うご》け」

* 現在《げんざい》の長野県《ながのけん》。

十五歳《さい》の若殿《わかとの》、幸村《ゆきむら》の声《こえ》は、さほど大声《おおごえ》を張《は》りあげるというわけでもないのに、ただちに兵全《へいぜん》員《いん》にとどいていく。

どっどっど……。たったった……。

しばらくすると、兵《へい》たちに追《お》われたシカやイノシシが、幸村《ゆきむら》の目《め》のとどく範囲《はんい》にぞくぞくと走《はし》りでてきた。

「逃《に》がすな！」

幸村《ゆきむら》は、そばにひかえていた海野六郎《うんのろくろう》、穴山小助《あなやまこすけ》に目《め》で合図《あいず》をした。

ふたりの放《はな》った矢《や》が、見事《みごと》に一頭《いっとう》の雄《お》ジカを捕《と》らえた。

「若《わか》さま！」

木《き》の上《うえ》で見張《みは》りをしていた望月六郎《もちづきろくろう》が、するどい声《こえ》をあげた。

シカがたおれたのとは反対《はんたい》の方角《ほうがく》から、二頭《とう》の巨大《きょだい》なイノシシが、こちらをめがけて突進《とっしん》してくる。

幸村《ゆきむら》があわてることなく、さっと身《み》をかわすと同時《どうじ》に、ごつんという鈍《にぶ》い音《おと》と、ずぎゅんという銃声《じゅうせい》とが、つづけざまにあたりにひびきわたった。

幸村《ゆきむら》は満足《まんぞく》そうに言《い》った。

「清海入道《せいかいにゅうどう》、伊三入道《いさにゅうどう》。それに十蔵《じゅうぞう》。三人《にん》とも、見事《みごと》であった」

見《み》ればイノシシは二頭《とう》とも、地面《じめん》にたおれている。

一頭《いっとう》は、入道《にゅうどう》たちがいつも持《も》っている鉄《てつ》のこん棒《ぼう》で、もう一頭《いっとう》は十蔵《じゅうぞう》が撃《う》った鉄砲《てっぽう》で、しとめられていた。どちらも、一撃《いちげき》で急所《きゅうしょ》を突《つ》いている。

狩《か》りは、遊《あそ》びではない。

体《からだ》をきたえ、いくさの勘《かん》を養《やしな》い、技《わざ》をみがく。一《ひと》つ一《ひと》つの動《うご》きがすべて、訓練《くんれん》の場《ば》だ。

――六人《にん》とも、それぞれの腕《うで》をあげているな。

幸村《ゆきむら》は、家来《けらい》のうちでも、もっとも有能《ゆうのう》な側近《そっきん》の六人《にん》を、満足《まんぞく》げにながめた。

年齢《ねんれい》も性格《せいかく》も、得意《とくい》なことも、それぞれにちがう、頼《たの》もしい六人《にん》である。

海野六郎《うんのろくろう》は、文武両道《ぶんぶりょうどう》。弁《べん》も腕《うで》も立《た》つ、みなのまとめ役《やく》である。

穴山小助《あなやまこすけ》は、不言実行《ふげんじっこう》。日頃《ひごろ》は目立《めだ》たないが、誰《だれ》よりもはやく、幸村《ゆきむら》の意思《いし》を感《かん》じとって動《うご》く、度胸《どきょう》のある侍《さむらい》だ。

望月六郎《もちづきろくろう》は、臨機応変《りんきおうへん》。どんなときもあわてず、まわりをよく観察《かんさつ》している。今日《きょう》は小《しょう》規模《きぼ》な動物《どうぶつ》の狩《か》りだから使《つか》っていないが、火《か》薬《やく》のあつかいにもくわしく、爆弾《ばくだん》づくりとい

う特技《とくぎ》の持《も》ち主《ぬし》でもある。
三好清海入道《みよしせいかいにゅうどう》は、たよれる長老《ちょうろう》だ。弟《おとうと》の伊《い》三入道《さにゅうどう》とともに、重《おも》い鉄《てつ》のこん棒《ぼう》を軽々《かるがる》とかまえ、ぶんぶんと風音《かざおと》がするくらい、思《おも》いきり振《ふ》りまわす、怪力《かいりき》の持《も》ち主《ぬし》でもある。
ふたりとも、訳《わけ》あって僧侶《そうりょ》の姿《すがた》をしているが、大勢《おおぜい》の敵兵《てきへい》に囲《かこ》まれても平然《へいぜん》と突破《とっぱ》してしまう猛者《もさ》である。
もうひとり、筧十蔵《かけいじゅうぞう》は、一撃必殺《いちげきひっさつ》。眼光鋭《がんこうするど》く、鉄砲《てっぽう》の技術《ぎじゅつ》で、十蔵《じゅうぞう》に勝《か》てる者《もの》はいない。

——いくさは、人《ひと》だ。
勝《か》つためにもっとも大切《たいせつ》なもの。それは、城《しろ》の堅牢《けんろう》さでも、兵《へい》の数《かず》の多《おお》さでもない。
——たがいの、信頼《しんらい》だ。
主《あるじ》と家来《けらい》。あるいは、家来同士《けらいどうし》。それぞれ

が、相手《あいて》の能力《のうりょく》や気持《きも》ちを、信《しん》じあえること。それ以上《いじょう》の武器《ぶき》はない。幸村《ゆきむら》はそう思《おも》っていた。

真田家《さなだけ》

幸村《ゆきむら》の父《ちち》、真田昌幸《さなだまさゆき》は、上田城《うえだじょう》の主《あるじ》であると同時《どうじ》に、信濃《しなの》と甲斐《*かい》一帯《いったい》を支配下《しはいか》に置《お》く、武田家《たけだけ》の重臣《じゅうしん》でもあった。

昌幸《まさゆき》は、いくさの名手《めいしゅ》だった。

たんに、武芸《ぶげい》の腕《うで》があるというのではなく、人《ひと》の気持《きも》ちの裏《うら》の裏《うら》の裏《うら》まで読《よ》んで、思《おも》いもよらないような作戦《さくせん》を立《た》て、いくさを勝利《しょうり》へとみちびくのが、昌幸《まさゆき》のやり方《かた》である。

武田信玄《たけだしんげん》はいくさも強《つよ》く、加《くわ》えて、民《たみ》の暮《く》らしを安定《あんてい》させる政《まつりごと》にも秀《ひい》でた武将《ぶしょう》だった。

信玄《しんげん》は昌幸《まさゆき》を深《ふか》く信頼《しんらい》し、重要《じゅうよう》な作戦《さくせん》をいくつもまかせたので、信玄《しんげん》の名《な》が広《ひろ》く知《し》られるにつれて、「武田《たけだ》には、真田《さなだ》あり」といわれ、昌幸《まさゆき》の存在《そんざい》も世《よ》に知《し》られるようになっていた。

——信玄《しんげん》さまが、もうすこし長《なが》く、ご健在《けんざい》であったなら……。

あれは、幸村《ゆきむら》がまだ、七歳《さい》の頃《ころ》だった。もうじき、信玄《しんげん》が京《きょう》へ上《のぼ》り、天下《てんか》を統一《とういつ》するだろう、と世《よ》の中《なか》の多《おお》くの人《ひと》が思《おも》っていた、元亀《げんき》四（１５７３）年《ねん》の四月《がつ》。

信玄《しんげん》は、病《やまい》にたおれ、そのまま帰《かえ》らぬ人《ひと》になってしまった。

＊現在《げんざい》の山梨県《やまなしけん》。

昌幸《まさゆき》たち重臣《じゅうしん》は、信玄《しんげん》の跡《あと》をついだ勝頼《かつより》を主《あるじ》とあおぎ、武田《たけだ》の勢力《せいりょく》を守《まも》ろうとしたが、やはり、信玄《しんげん》が生《い》きている頃《ころ》のようには、うまくいかなかった。

*1三河《みかわ》の徳川家康《とくがわいえやす》と、*2尾張《おわり》の織田信長《おだのぶなが》とが、連合《れんごう》して攻《せ》めてくると、武田家《たけだけ》は何度《なんど》も、支配地《しはいち》をうばわれそうになった。

昌幸《まさゆき》はその危機《きき》を、小田原《おだわら》の北条氏政《ほうじょううじまさ》や、*3越後《えちご》の上杉謙信《うえすぎけんしん》と手《て》を結《むす》ぶことで、なんとか乗《の》りこえるよう、つとめた。

越後《えちご》の謙信《けんしん》は、信玄《しんげん》が生《い》きている頃《ころ》には、何度《なんど》も戦《たたか》いをくりかえした間柄《あいだがら》だったから、同盟《どうめい》の交渉《こうしょう》はとてもむずかしいものだったが、昌幸《まさゆき》はみずから越後《えちご》へ使者《ししゃ》として出向《でむ》くなどして、勝頼《かつより》のために働《はたら》いた。

しかし、昌幸《まさゆき》のせっかくの努力《どりょく》も、天正《てんしょう》六（1578）年《ねん》に謙信《けんしん》までが病死《びょうし》したことで、水《みず》の泡《あわ》になってしまった。

謙信《けんしん》の死《し》から三年《ねん》。家康《いえやす》と信長《のぶなが》は、ちゃくちゃくと、こちらに攻《せ》め入《い》る準備《じゅんび》を進《すす》めているだろう。

——今《いま》こそ、われら真田一族《さなだいちぞく》が、力《ちから》をたくわえておかなければ。

幸村《ゆきむら》はまだ十五歳《さい》だったが、武田《たけだ》のために働《はたら》く父《ちち》の背中《せなか》を見《み》て、いくさへの覚悟《かくご》を固《かた》めていた。

*1 現在《げんざい》の愛知県東部《あいちけんとうぶ》。*2 現在《げんざい》の愛知県西部《あいちけんせいぶ》。*3 現在《げんざい》の新潟県《にいがたけん》（佐渡島《さどがしま》をのぞく）。

佐助《さすけ》「若《わか》さま。本日《ほんじつ》の成果《せいか》でございます」

ならべられた獲物《えもの》を、海野《うんの》が指《ゆび》さした。

「うむ。いずれもむだにせぬよう、みなに命《めい》じておけ」

信濃《しなの》の冬《ふゆ》はきびしい。

毛皮《けがわ》、肉《にく》、角《つの》、牙《きば》、骨《ほね》……動物《どうぶつ》のすべては、自然《しぜん》の恵《めぐ》みだ。感謝《かんしゃ》して、まもなくおとずれる雪《ゆき》と氷《こおり》の季節《きせつ》にそなえなければならない。

棒《ぼう》にしばりつけた獲物《えもの》を、兵《へい》たちが抱《かか》えあげて歩《ある》きだそうとした、そのときである。

がさっ……。

幸村《ゆきむら》の耳《みみ》が、かすかな葉《は》ずれの音《おと》をとらえた。

海野《うんの》が頭上《ずじょう》の木《き》の枝《えだ》にじっと目《め》を凝《こ》らし、やがて、にやりと笑《わら》って言《い》った。

「若《わか》さま。どうやら、大《おお》きな猿《さる》がおります。いかがいたしましょう」

「ほほう、猿《さる》とな。それはよい獲物《えもの》だ」

幸村《ゆきむら》はそう言《い》うが早《はや》いか、持《も》っていた強弓《ごうきゅう》をぎりぎりぎりっと引《ひ》きしぼり、ねらいを定《さだ》めてひゅっと矢《や》を放《はな》った。

――どうだ。

手《て》ごたえじゅうぶん、と思《おも》ったのも束《つか》の間《ま》、なんとその猿《さる》が、右《みぎ》の手《て》ではっしと矢《や》を受《う》けとめ、からからっと笑《わら》うではないか。

「うむ、何《なに》ヤツ」

間《ま》を置《お》くことなく、幸村《ゆきむら》はつぎの矢《や》を放《はな》った。

はしっ。

――なんと。

二の矢《や》まで受《う》けとめるとは。どういうことだ。

六人《にん》の家来《けらい》がそれぞれに身《み》がまえてこの猿《さる》におそいかかろうとするのを、幸村《ゆきむら》は目《め》で制《せい》すると、声《こえ》の調子《ちょうし》を一段高《いちだんたか》くし、鋭《するど》く名《な》のりをあげた。

「そなた何者《なにもの》だ！　私《わたし》を、武田家家臣《たけだけかしん》、真田昌幸《さなだまさゆき》の第《だい》二子《し》、幸村《ゆきむら》と知《し》ってのふるまいか！」

矢《や》はともかく、このまなざし、まともに受《う》けとめられるなら、受《う》けてみよ。

幸村《ゆきむら》は太《ふと》くりりしい眉《まゆ》をきりりっとあげると、木《き》の上《うえ》にいる妖《あや》しの者《もの》をにらみすえた。

どすん……。

さっきまでのいたずら笑《わら》いはどこへやら、木《き》から落《お》ちて尻餅《しりもち》をついた大猿《おおざる》は、幸村《ゆきむら》の足《あし》もとで身《み》をちぢめ、キッキッと小《ち》さく泣《な》きながら、ゆるしてくださいとでも言《い》いたそうに、頭《あたま》を何度《なんど》も地面《じめん》にこすりつけている。

「なんだ、あんないたずらをしたくせに、若《わか》さまの眼力《がんりき》におそれいったか。どうしてくれよう」

清海入道《せいかいにゅうどう》が、猿《さる》のうしろ首《くび》をひょいっとつかんで持《も》ちあげた。猿《さる》は足《あし》をばたばたさせて暴《あば》れたが、大男《おおおとこ》で怪力《かいりき》の入道《にゅうどう》はびくともしない。

「若《わか》さま。みせしめに、この首《くび》折《お》ってやり……」

入道《にゅうどう》の言葉《ことば》をさえぎって、頭上《ずじょう》からひらり、飛《と》びおりてきた者《もの》がある。入道《にゅうどう》が悲鳴《ひめい》をあげた。

「いてててて……」

ひとりの少年《しょうねん》が、あっという間《ま》に入道《にゅうどう》の腕《うで》をひねって猿《さる》を逃《に》がし、大男《おおおとこ》の入道《にゅうどう》の体《からだ》を、自分《じぶん》の目《め》よりも高《たか》く持《も》ちあげてしまった。

「やい坊主《ぼうず》。あの猿《さる》はおれの友《とも》だちだ。首《くび》折《お》られたりして、たまるもんか」

少年《しょうねん》はそう言《い》うと、自分《じぶん》の何倍《なんばい》もありそうな入道《にゅうどう》の巨体《きょたい》を、近《ちか》くに生《は》えている松《まつ》の木《き》の根《ね》もとにどおんと投《な》げおとした。

隙《すき》をつかれた入道《にゅうどう》だったが、そこはやはり鍛《きた》えられた真田家《さなだけ》の家来《けらい》、さっと受《う》け身《み》をとって体《たい》勢《せい》を立《た》てなおすと、すっくと少年《しょうねん》の前《まえ》に立《た》ちはだかった。

「やい小僧《こぞう》。天《てん》から降《ふ》ったか地《ち》から涌《わ》いたか知《し》らないが、この清海入道《せいかいにゅうどう》を投《な》げ飛《と》ばすとは猪口才《*ちょこざい》な。正々堂々《せいせいどうどう》、正面《しょうめん》から勝負《しょうぶ》しろ」

突進《とっしん》してくる入道《にゅうどう》を、少年《しょうねん》はにやりと笑《え》みを浮《う》かべながら、ひらり、ひらりとかわしてしまう。

「やーい。のろま坊主《ぼうず》。こっちだこっちだ」

「くっそぉ」

少年《しょうねん》を捕《と》らえたつもりで、大木《たいぼく》に抱《だ》きついたり、岩《いわ》へ駆《か》けあがったり、入道《にゅうどう》はほとんど遊《あそ》ばれているに等《ひと》しい。

——うむ、見事《みごと》な。これではまるで入道《にゅうどう》のひとり相撲《ずもう》を見《み》ているようではないか。

幸村《ゆきむら》はついつい感心《かんしん》してしまった。

「ふたりとも、やめよ」

やわらかだが、りんとひびく幸村《ゆきむら》の声《こえ》で、騒《さわ》ぎがぴたりと静《しず》まった。

いたずら好《ず》きの少年《しょうねん》にも、何《なに》かを感《かん》じさせるところがあったのだろう。入道《にゅうどう》をからかうのをすぐにやめて、姿勢《しせい》を正《ただ》して前《まえ》へ出《で》てきた。

少年《しょうねん》はまっすぐにこちらを見《み》ている。

＊生意気《なまいき》なこと。

幸村《ゆきむら》は、「ああ、私《わたし》がどんな人間《にんげん》か、さぐろうとしているな。こちらの心《こころ》の中《なか》を、必死《ひっし》でのぞこうとしているようだ」と感《かん》じた。

「そなた。名《な》と住《す》まいを申《もう》せ」

たずねたことに素直《すなお》に正直《しょうじき》に答《こた》えるようなら、家来《けらい》にならないかと誘《さそ》ってみよう。

幸村《ゆきむら》はそう決《き》めて、少年《しょうねん》と正面《しょうめん》から向《む》かいあった。

「はい。私《わたし》はこのあたりの郷士《ごうし》、鷲塚佐太夫《わしづかさだゆう》の子《こ》で、佐助《さすけ》と申《もう》します」

「なるほど、郷士《ごうし》の子《こ》か」

郷士《ごうし》というのは、地元《じもと》のとりまとめ役《やく》をつとめる家《いえ》だ。たいていの者《もの》は、田畑《たはた》を作《つく》る農業《のうぎょう》や商《あきな》いもしつつ、いざとなれば武士《ぶし》としていくさにも出《で》る気《き》がまえと備《そな》えを持《も》っている。

「して、そなた、先《さき》ほどからずいぶん身《み》のこなしがよいな。生《う》まれつきか、それとも、誰《だれ》かに教《おそ》わったのか」

「はい。じつは……お話《はな》し申《もう》しあげても、よろしいでしょうか」

打《う》ちあけたい事情《じじょう》があるらしい。幸村《ゆきむら》は興味《きょうみ》を持《も》った。

「よかろう。申《もう》してみよ」

「はい、では申《もう》しあげます。私《わたし》の父《ちち》も昔《むかし》は武士《ぶし》でございましたが、つかえる主君《しゅくん》を失《うしな》って、ここで田畑《たはた》をたがやす身《み》となりました。私《わたし》は幼《おさな》い頃《ころ》から身軽《みがる》で、獣《けもの》たちを相手《あいて》に山々《やまやま》を飛《と》びまわっておりましたので、父《ちち》から『お前《まえ》は、武芸《ぶげい》の腕《うで》をみがいて、誰《だれ》か立派《りっぱ》な、将来《しょうらい》の期待《きたい》できる主君《しゅくん》をさがすとよい』と言《い》われました」

「ほう。それで」

将来《しょうらい》の期待《きたい》できる主君《しゅくん》——自分《じぶん》をそう思《おも》ってくれての、打《う》ちあけ話《ばなし》だろうか。それとも何《なに》かたくらんで、この幸村《ゆきむら》をだまそうとでもいうのだろうか。

それならそれも、おもしろい。たくらみなら、すぐ見《み》やぶってやる。

幸村《ゆきむら》はいよいよ、少年《しょうねん》の話《はなし》に興味《きょうみ》を持《も》った。

「といっても、野山《のやま》を駆《か》けまわって自然《しぜん》を相手《あいて》に、自分《じぶん》ひとりの稽古《けいこ》をしているだけだったのですが、ある日《ひ》、白髪《はくはつ》の老人《ろうじん》が、私《わたし》の前《まえ》にあらわれました。老人《ろうじん》は私《わたし》の様子《ようす》を見《み》てにこにこと笑《わら》い、武芸《ぶげい》が上達《じょうたつ》したければ、自分《じぶん》を打《う》ちすえてみよと言《い》ったのです。相手《あいて》は年寄《としよ》り、何《なに》ほどのことはあるまいと向《む》かっていったのですが、老人《ろうじん》の姿《すがた》は神出鬼没《しんしゅつきぼつ》で、まったく歯《は》が立《た》ちません。なんとか一度《ど》でいい、どうにかして勝《か》ちたいと、けっきょくその老人《ろうじん》の言《い》うことをすべて聞《き》いて、三年《ねん》の間《あいだ》、腕《うで》をみがきました」

――ふうむ。嘘《うそ》を言《い》っているようには見《み》えぬな。

幸村《ゆきむら》は少年《しょうねん》の話《はなし》を、その内容《ないよう》だけでなく、話《はな》し方《かた》やしぐさにも注目《ちゅうもく》しながら聞《き》きつづけたが、いっぽうで「その老人《ろうじん》とは誰《だれ》だろう」というのも、とても気《き》になった。

「それが、しばらく前《まえ》のことでございます。ようやく、やっと一撃《いちげき》だけ、師《し》に打《う》ちこむことができました。すると師《し》は、『もはやそなたに教《おし》えることはなくなった。もうじき、そなたは、主《あるじ》とすべき人物《じんぶつ》に出会《であ》うことができるだろう。その出会《であ》いを、逃《のが》すでないぞ』と言《い》って、姿《すがた》を消《け》してしまいました」

「それで、その老人《ろうじん》とは、誰《だれ》か」

「はい。戸沢白雲斎先生《とざわはくうんさいせんせい》でございます」

白雲斎《はくうんさい》と聞《き》いて、幸村《ゆきむら》はうなった。

すぐれた武芸者《ぶげいしゃ》、忍者《にんじゃ》を育《そだ》てるというので名《な》はたいそう知《し》られているが、どこの大名《だいみょう》も、実際《じっさい》にその本人《ほんにん》には会《あ》えたことがないという、伝説《でんせつ》の、甲賀流忍術《こうがりゅうにんじゅつ》の達人《たつじん》である。

「では、さきほどの猿《さる》が、矢《や》を手《て》で受《う》けることができたのは、そなたの忍術《にんじゅつ》か」

「はい。私《わたし》があの猿《さる》に術《じゅつ》をさずけました。あの猿《さる》以外《いがい》でも、このあたりの山《やま》の獣《けもの》たちなら、ほぼみな、私《わたし》の言《い》うとおりに動《うご》くでしょう」

幸村《ゆきむら》の胸《むね》はおどった。この佐助《さすけ》を家来《けらい》にできれば、真田家《さなだけ》はまちがいなく、いっそう、強《つよ》くなれる。

「佐助《さすけ》。それで、立派《りっぱ》な主《あるじ》とやらは、見《み》つかったのか」

「はい。幸村《ゆきむら》さまこそ、私《わたし》のさがしもとめていた主《あるじ》であると、おそれながら」

「なぜ、それがわかる？　そなた、私《わたし》がもし、おろかで、見《み》こみのない主《あるじ》であったらどうする？」

幸村《ゆきむら》は、はやる心《こころ》をおさえて、わざと冷静《れいせい》にそう聞《き》いてみた。

「わかります。私《わたし》は師《し》・白雲斎《はくうんさい》から、人《ひと》を見《み》ぬくことも教《おそ》わっておりますし、それに」

「それに、なんだ？」

「おろかな主《あるじ》であれば、私《わたし》の言《い》うことになど、耳《みみ》をかたむけず、さっさとしばりあげて殺《ころ》そうとしたでしょうから」

見上《みあ》げる佐助《さすけ》、見下《みお》ろす幸村《ゆきむら》。目《め》と目《め》が合《あ》う。

佐助《さすけ》の瞳《ひとみ》に、自分《じぶん》がうつっている。その姿《すがた》にくもりのないのを見《み》て、幸村《ゆきむら》はほほえんだ。

「気《き》にいった。そなた、今日《きょう》から私《わたし》の家来《けらい》となれ……清海入道《せいかいにゅうどう》」

かたわらで、ちょっとだけ複雑《ふくざつ》な顔《かお》をしている入道《にゅうどう》に、幸村《ゆきむら》は声《こえ》をかけた。

「よい*好敵手《こうてきしゅ》ができて、そなたたちもいっそう腕《うで》があがるはずだ。せいぜいなかよく……けんかせよ。海野《うんの》、城《しろ》でのすごし方《かた》を、佐助《さすけ》によく教《おし》えてやってくれ」

＊ライバルのこと。

二、真田家《さなだけ》と秀吉《ひでよし》

勝頼《かつより》の最期《さいご》

天正十《てんしょう》（1582）年《ねん》二月《がつ》。

ついに、信長《のぶなが》と家康《いえやす》が、武田《たけだ》の領地《りょうち》へ攻《せ》め入《い》ってきた。

武田《たけだ》の領内《りょうない》には、いくつかの城《しろ》があり、それぞれ、家来《けらい》たちが守《まも》っている。

幸村《ゆきむら》は、父昌幸《ちちまさゆき》にしたがって上田城《うえだじょう》でいくさの様子《ようす》を見守《みまも》っていたが、信長《のぶなが》が指揮《しき》する織田軍《おだぐん》の勢《いきお》いは、想像《そうぞう》よりずっとはげしかった。

「悪《わる》いときに、浅間《あさま》が噴火《ふんか》したな……」

浅間山《あさまやま》は、武田《たけだ》の領民《りょうみん》にとって、心《こころ》の支《ささ》えとなる山《やま》だ。よりによって、織田軍《おだぐん》の攻撃《こうげき》と山《やま》の噴《ふん》火《か》の時期《じき》とが重《かさ》なったため、武田側《たけだがわ》には気持《きも》ちをくじかれる者《もの》が多《おお》いらしい。

信長《のぶなが》や家康《いえやす》から「こちら側《がわ》につかないか。悪《わる》いようにはしない」などという誘《さそ》いの手紙《てがみ》を送《おく》られて、武田《たけだ》をうらぎるようなことをする家来《けらい》がつぎつぎと出《で》ていた。

主君《しゅくん》の武田勝頼《たけだかつより》は、*1韮崎《にらさき》の地《ち》に新《あたら》しく築《きず》いた新府城《しんぷじょう》にいたが、不安《ふあん》がる家来《けらい》たちをまとめられず、あっという間《ま》に攻《せ》めこまれ、城《しろ》を捨《す》てて逃《に》げなければならなくなっていた。

「殿《との》。勝頼《かつより》さまは、*2天目山《てんもくざん》のふもとに立《た》てこもりました」

昌幸《まさゆき》の忍者《にんじゃ》のひとりが、最悪《さいあく》の知《し》らせを持《も》ってもどってきた。

「それはいかん。じきに、織田軍《おだぐん》に攻《せ》めつぶされてしまうだろう。すぐにおむかえに行《い》こう」

ほかの重役《じゅうやく》たちにしりぞけられ、自分《じぶん》が勝頼《かつより》の側《がわ》にずっとついていられなかったことを、昌幸《まさゆき》はとても後悔《こうかい》しているようだ。父《ちち》のつらい気持《きも》ちを察《さっ》しながら、幸村《ゆきむら》も、勝頼《かつより》をむかえとる軍《ぐん》の一人《ひとり》として、佐助《さすけ》たち七人《にん》の側近《そっきん》とともに、天目山《てんもくざん》へ向《む》かった。

「若《わか》さま、向《む》こうから、誰《だれ》か来《き》ます」

幸村《ゆきむら》の横《よこ》で、望月六郎《もちづきろくろう》がつぶやくと、佐助《さすけ》がふっと姿《すがた》を消《け》した。

——わが家来《けらい》ながら、察《さっ》しのよい者《もの》たちよな。

ほんの数刻《すうこく》のうちに、佐助《さすけ》はもどってきた。様子《ようす》をさぐりに行《い》ったのだ。

身《み》の軽《かる》い猿《さる》が飛《と》ぶように、ふつうの人間《にんげん》ではありえぬ速《はや》さで移動《いどう》できる佐助《さすけ》を、いつからか、幸村《ゆきむら》もほかの家来《けらい》たちも「猿飛佐助《さるとびさすけ》」と呼《よ》ぶようになっている。

*1 山梨県北西部《やまなしけんほくせいぶ》の地名《ちめい》。 *2 山梨県中東部《やまなしけんちゅうとうぶ》にある山《やま》。

「小宮山《こみやま》さまが、勝千代《かつちよ》さまを連《つ》れてこちらへ逃《に》げてこられるようです」

「なんだと」

小宮山《こみやま》は勝頼《かつより》の側近《そっきん》のひとり、勝千代《かつちよ》は勝頼《かつより》の子《こ》で、今年《ことし》七歳《さい》になる。

佐助《さすけ》の報告《ほうこく》を、幸村《ゆきむら》は父《ちち》にも伝《つた》えた。

「……ということは、勝頼《かつより》さまはきっと……」

父《ちち》の顔《かお》がくもった。父《ちち》と幸村《ゆきむら》は、馬《うま》を急《いそ》がせた。

佐助《さすけ》の言《い》ったとおり、小宮山《こみやま》が幼《おさな》い勝千代《かつちよ》を馬《うま》に乗《の》せて、姿《すがた》を見《み》せた。

「小宮山《こみやま》どの。ご苦労《くろう》でした」

「真田《さなだ》どの。かたじけない。そなたあてに、殿《との》のご遺言《ゆいごん》じゃ」

「ご遺言《ゆいごん》、とは。それでは、やはり」

小宮山《こみやま》は悔《くや》しそうに天《てん》をあおぐと、昌幸《まさゆき》に勝頼《かつより》の遺言《ゆいごん》を伝《つた》えた。「勝千代《かつちよ》をあずかり、武田家《たけだけ》をもう一度《ど》たてなおしてくれ」というものだった。

勝千代《かつちよ》を連《つ》れた小宮山《こみやま》が天目山《てんもくざん》を脱出《だっしゅつ》するのを見《み》とどけて、勝頼《かつより》はその後《ご》、自害《じがい》したらしい。

「おいたわしい。もう少《すこ》し早《はや》く私《わたし》が動《うご》けていれば」

昌幸《まさゆき》は血《ち》が出《で》るほど唇《くちびる》をかんで悔《くや》しがった。

「父上《ちちうえ》。今《いま》は悔《くや》しがっているときではありません。一刻《いっこく》でも早《はや》く引《ひ》きかえして、勝千代《かっちよ》さまをわれらが上田城《うえだじょう》までお連《つ》れせねば」

幸村《ゆきむら》の言葉《ことば》に、昌幸《まさゆき》は大《おお》きくうなずいた。ぐずぐずしていると、今度《こんど》はこちらが追《お》っ手《て》にねらわれてしまう。

馬《うま》を急《いそ》がせ、越後《えちご》との国《くに》ざかいの峠《とうげ》を通《とお》りかかったときのことだ。

ひゅっと風《かぜ》を切《き》る音《おと》がしたかと思《おも》うと、先頭《せんとう》にいた筧十蔵《かけいじゅうぞう》の頭《あたま》をかすめて、矢《や》が飛《と》んできた。

十蔵《じゅうぞう》がさっとよけると、清海入道《せいかいにゅうどう》がその矢《や》をむんずと手《て》でつかみ、「どこの軍《ぐん》だ！」と大声《おおごえ》をあげた。

「若《わか》さま。どうやら……」

そうつぶやいた海野《うんの》の声《こえ》を聞《き》いて、佐助《さすけ》の姿《すがた》が消《き》えた。

「若《わか》さま。上杉《うえすぎ》の軍《ぐん》が三千《ぜん》ほど、峠《とうげ》の上《うえ》で待《ま》ちぶせしています」

もどってきた佐助《さすけ》のこの報告《ほうこく》を聞《き》いて、父昌幸《ちちまさゆき》は苦《にが》い顔《かお》になり、「景勝《かげかつ》め……」とうなった。

昌幸《まさゆき》が苦心《くしん》してまとまるまであと一歩《いっぽ》のところまできていた武田《たけだ》と上杉《うえすぎ》の同盟《どうめい》だったが、謙信《けんしん》の死《し》のあと、上杉方《うえすぎがた》は態度《たいど》をあいまいにしたままだ。

謙信《けんしん》には実子《じっし》がおらず、養子《ようし》の景虎《かげとら》と甥《おい》の景勝《かげかつ》とが跡《あと》つぎをめぐって争《あらそ》いになったことも、ことをややこしくしていた。今現在《いまげんざい》、上杉《うえすぎ》を率《ひき》いているのは甥《おい》の景勝《かげかつ》の方《ほう》だが、景勝《かげかつ》が何《なに》を考《かんが》えているのか、今《いま》ひとつこちらに伝《つた》わってきていなかった。

「三千《ぜん》くらいなら、けちらせるだろう」

昌幸《まさゆき》が、家来《けらい》たちにいくさのための態勢《たいせい》をとらせるのを見《み》て、幸村《ゆきむら》は父《ちち》に進言《しんげん》した。

「父上《ちちうえ》。今《いま》は、すこしでも真田《さなだ》の力《ちから》を落《お》としたくないところです。私《わたし》が交渉《こうしょう》に行《い》きましょう」

「交渉《こうしょう》とな」

昌幸《まさゆき》は幸村《ゆきむら》の顔《かお》をじっと見《み》た。

「よかろう。そなたの思《おも》うとおりにしてみよ」

「ありがとうございます。もし、あちらが私《わたし》を攻撃《こうげき》したり、捕《と》らえようとしたりするようであれば、そのときは、容赦《ようしゃ》なく軍《ぐん》をすすめてください」

そんなことになれば、まっ先《さき》に幸村《ゆきむら》の命《いのち》が危《あぶ》ない。しかし、昌幸《まさゆき》はそれでも、幸村《ゆきむら》を止《と》めようとはしなかった。

——父上《ちちうえ》、私《わたし》を信頼《しんらい》してくださっているな。

幸村《ゆきむら》は海野《うんの》一人《ひとり》に供《とも》を命《めい》じた。

「そんな。われらもお連《つ》れください」

ほかの六人《にん》が口々《くちぐち》に言《い》うのを、幸村《ゆきむら》は笑《わら》って制《せい》した。

「馬鹿《ばか》を申《もう》すな。そなたたちをみな連《つ》れていったりしたら、向《む》こうは攻撃《こうげき》に来《き》たと思《おも》って、何《なに》をしてくるかわからぬではないか。ここはひとつ、みなで良《よ》い知《し》らせを待《ま》っていてくれ」

幸村《ゆきむら》と海野《うんの》とは、馬《うま》をならべてゆっくりと上杉方《うえすぎがた》の陣《じん》へ向《む》かった。

——急《いそ》いではだめだ。

いくさではなく、あくまで交渉《こうしょう》に来《き》たのだということを、上杉方《うえすぎがた》にわからせなければならない。

たったふたりであることと、ゆっくりとした馬《うま》の歩《あゆ》みとは、そのために重要《じゅうよう》な手《て》だてだった。

「海野《うんの》。景勝《かげかつ》の、気持《きも》ちのいちばん弱《よわ》いところは、どこだと思《おも》う」

まっすぐ前《まえ》を向《む》いたまま、幸村《ゆきむら》は静《しず》かに、海野《うんの》にたずねた。

「そうですね……。やはり、跡《あと》つぎの座《ざ》を、謙信《けんしん》さまからの指名《しめい》で得《え》たのでなく、争《あらそ》いによってうばったことではないでしょうか」

「やはり、そなたもそう思《おも》うか」

上杉方《うえすぎがた》の陣《じん》の前《まえ》まで来《く》ると、弓《ゆみ》や鉄砲《てっぽう》の備《そな》えが見《み》えた。すこしもゆるんだところは見《み》られず、謙信《けんしん》が生《い》きていた頃《ころ》と同《おな》じような、ぴいんと張《は》った空気《くうき》である。

幸村《ゆきむら》はその様子《ようす》を見《み》て、景勝《かげかつ》が決《けっ》して考《かんが》えの浅《あさ》い人物《じんぶつ》ではないらしいと判断《はんだん》した。

「私《わたし》は真田幸村《さなだゆきむら》である。父昌幸《ちちまさゆき》に代《か》わって、景勝《かげかつ》どのにあいさつに来《き》た。とりつぎを願《ねが》いたい」

自分《じぶん》の声《こえ》がふるえていないことを、幸村《ゆきむら》はたしかめながら、最初《さいしょ》の第一声《だいいっせい》を発《はっ》した。

静《しず》けさがあたりを包《つつ》んだ。待《ま》つ時間《じかん》は、長《なが》く感《かん》じられる。

矢《や》や鉄砲《てっぽう》の玉《たま》が飛《と》んでくるか、それとも――。

「お通《とお》りください。ただし、馬《うま》はここでおりていただきます」

景勝《かげかつ》の側近《そっきん》らしい者《もの》が出《で》てきて、幸村《ゆきむら》を中《なか》へ招《まね》きいれた。

幕《まく》を張《は》った陣《じん》の中《なか》で、景勝《かげかつ》はどっかりと座《すわ》っていた。

――するどい目《め》だな。

「景勝《かげかつ》どのには、ごきげんうるわしう……」

幸村《ゆきむら》がまず型《かた》どおりのあいさつをしようとすると、景勝《かげかつ》は低《ひく》い声《こえ》でそれをさえぎった。

「前置《まえお》きは無用《むよう》。そちらの言《い》いぶん、申《もう》されよ」

――そうきたか。ならば、ほんとうに、単刀直入《たんとうちょくにゅう》に言《い》うぞ。

覚悟《かくご》を決《き》めた幸村《ゆきむら》は、考《かんが》えに考《かんが》えてきた言葉《ことば》を、景勝《かげかつ》に向《む》かってぶつけた。

「では、おたずねしたい。景勝《かげかつ》どのは、まことに、正統《せいとう》な上杉《うえすぎ》の跡《あと》つぎであられるか。もし本当《ほんとう》に正統《せいとう》な跡《あと》つぎであると申《もう》されるならば、なにゆえ、亡《な》き謙信《けんしん》どのが示《しめ》された意思《いし》をお守《まも》りにならず、今《いま》、われらの行《ゆ》く手《て》をじゃましようとなさるのか。そこのところを、しかと返答《へんとう》いただきたい」

景勝《かげかつ》の眉《まゆ》がぴくりと動《うご》いた。しばしの沈黙《ちんもく》ののち、景勝《かげかつ》は立《た》ちあがった。

「真田幸村《さなだゆきむら》と申《もう》したな。その方《ほう》の言《い》いぶん、もっともである。すぐに、陣《じん》を引《ひ》かせよう……さ、客人《きゃくじん》はお帰《かえ》りになる。お見送《みおく》りをせい」

幸村《ゆきむら》は、こぼれそうになるため息《いき》をぐっと押《お》し殺《ころ》して、景勝《かげかつ》の陣《じん》を離《はな》れようとした。

「そなたの名《な》、覚《おぼ》えておくぞ」

すれちがった一瞬《いっしゅん》、景勝《かげかつ》がそうささやいた。

六文銭《ろくもんせん》

幸村《ゆきむら》の交渉《こうしょう》のおかげで、真田《さなだ》の軍《ぐん》はゆうゆうと峠《とうげ》を越《こ》えた。

が、つぎに待《ま》ちうけていたのは、小田原《おだわら》の北条氏政《ほうじょううじまさ》の軍《ぐん》だった。しかも、四万《まん》もの大軍《たいぐん》で、こちらの行《ゆ》く手《て》をさえぎっている。

「どう思《おも》うか」

昌幸《まさゆき》が幸村《ゆきむら》にたずねた。景勝《かげかつ》との交渉《こうしょう》のことをあれこれと聞《き》かず、新《あら》たな難問《なんもん》の相談《そうだん》をしてくるのは、父《ちち》が幸村《ゆきむら》の能力《のうりょく》を認《みと》めている何《なに》よりの証《あかし》である。

「父上《ちちうえ》の情報《じょうほう》では、北条《ほうじょう》の家中《かちゅう》はどうなっていますか」

「うむ。どうやら、家来《けらい》たちには信長《のぶなが》や家康《いえやす》に味方《みかた》しようという者《もの》が多《おお》いらしい」

「そうですか……それでこの大軍《たいぐん》を差《さ》しむけているということは、向《む》こうは本気《ほんき》で真田《さなだ》をつぶすつもりですね」

様子見《ようすみ》の態度《たいど》だった上杉《うえすぎ》とはちがうようだ。それに、これまでの氏政《うじまさ》のやり方《かた》を見《み》るかぎり、景勝《かげかつ》のときのような交渉《こうしょう》のつうじる相手《あいて》ではなさそうである。

父《ちち》と息子《むすこ》は、じっくり話《はな》しあって作戦《さくせん》を練《ね》った。

こちらは四百《ひゃく》、向《む》こうは四万《まん》。多勢《たぜい》に無勢《ぶぜい》、ふつうに戦《たたか》ったらどう考《かんが》えても無理《むり》ないくさだ。

敵《てき》を突破《とっぱ》して上田城《うえだじょう》までもどれるか――。

「こたびの目的《もくてき》は、あくまでこちらが通《とお》りぬけることだ。相手《あいて》をたおすことではない」

「そうですね。それには……」

夜《よる》になった。

「みなの者《もの》よいか。方角《ほうがく》を見失《みうしな》うな。相手《あいて》が混乱《こんらん》しているうちに、駆《か》けぬけるのだ！」

昌幸《まさゆき》の号令《ごうれい》で、四百人《ひゃくにん》の真田軍《さなだぐん》は、闇《やみ》の中《なか》、北条軍《ほうじょうぐん》のいる方《ほう》へ向《む》かって、いっせいに身《み》をおどらせた。

「声《こえ》をあげよ！　ほら貝《がい》を吹《ふ》け！　鉦《かね》を鳴《な》らせ！」

真田軍《さなだぐん》の発《はっ》する大騒音《だいそうおん》に、北条軍《ほうじょうぐん》はつぎつぎとかがり火《び》を点《とも》して、いきなりおそってきた軍《ぐん》の正体《しょうたい》を見《み》ようとした。

これが、幸村《ゆきむら》のねらいだった。

——さあ、あわてふためけ。北条《ほうじょう》め。

真田《さなだ》の軍《ぐん》の頭上《ずじょう》には、永楽通宝《えいらくつうほう》の銭形《ぜにがた》を描《えが》いた大《おお》きな旗《はた》が六流《りゅう》、闇《やみ》にひるがえっている。

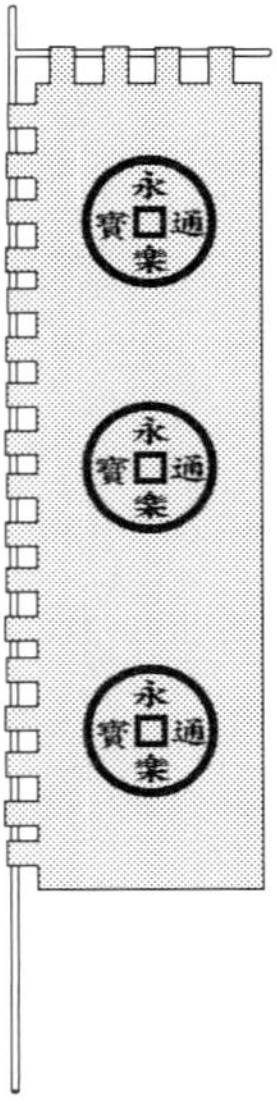

また、全員《ぜんいん》が、体《からだ》のどこかに、同《おな》じ銭形《ぜにがた》を描《えが》いた小《ちい》さな旗《はた》を差《さ》していた。

昼間《ひるま》のうちに、こっそり用意《ようい》させておいたものだ。

「むほんだぁ、むほんだぞ」

「松田《まつだ》どの、むほんだぁ」

北条《ほうじょう》の兵《へい》が口々《くちぐち》にそうさけぶのを聞《き》いて、幸村《ゆきむら》はしてやったりと口《くち》もとをほころばせた。

永楽通宝《えいらくつうほう》は、北条《ほうじょう》の重臣《じゅうしん》、松田憲秀《まつだのりひで》の旗印《はたじるし》である。このところ、松田《まつだ》がつねに、「いつ北条家《ほうじょうけ》をうらぎってもおかしくない人物《じんぶつ》」と噂《うわさ》されているのを利用《りよう》した作戦《さくせん》であった。

大騒音《だいそうおん》でおどろいているところへ、永楽通宝《えいらくつうほう》の旗《はた》を立《た》てた軍《ぐん》が通《とお》りかかれば、北条軍《ほうじょうぐん》ではかならず「松田《まつだ》のむほん」と見《み》なすだろう。そうなれば、「松田《まつだ》に通《つう》じている者《もの》がほかにもいるのでは」とうたがう気持《きも》ちが生《う》まれ、近《ちか》くにいる者同士《ものどうし》が、「これは敵《てき》か、味方《みかた》か？」と相手《あいて》のことをさぐりあう。

暗闇《くらやみ》で顔《かお》がよく見《み》えないうえに、うたがう気持《きも》ちが強《つよ》ければ、矢《や》も鉄砲《てっぽう》もどこへ向《む》かって撃《う》ってよいかわからなくなる。そうなれば、人数《にんずう》が多《おお》いぶん、混乱《こんらん》はひどくなるだろうという、昌幸《まさゆき》と幸村《ゆきむら》、父子《おやこ》で考《かんが》えた末《すえ》の作戦《さくせん》であった。

真田軍《さなだぐん》は、北条軍《ほうじょうぐん》が味方同士《みかたどうし》でうたがいあっているうちに、その中《なか》をさっさと通《とお》りぬけ、無事《ぶじ》、上田城《うえだじょう》へもどることができた。

「いや、こたびはまったく、幸村《ゆきむら》の手柄《てがら》だ。これを記念《きねん》に、いくさのときの真田《さなだ》の紋《もん》を、六文銭《ろくもんせん》に統一《とういつ》しよう」

昌幸《まさゆき》はそう決《き》めた。

真田家《さなだけ》では、これまで、「結《むす》び雁《かりがね》」や「州浜《すはま》」などの紋《もん》も使《つか》っていたが、永楽通宝《えいらくつうほう》の旗《はた》によって大軍《たいぐん》をくぐりぬけたことを縁《えん》に、いくさでは「六文銭《ろくもんせん》」の紋《もん》を使《つか》う、と定《さだ》められた。

「六文《もん》か。三途《さんず》の川《かわ》の渡《わた》し賃《ちん》だぞ」

清海入道《せいかいにゅうどう》と伊三入道《いさにゅうどう》が、ちょっとだけ首《くび》をかしげた。

三途《さんず》の川《かわ》とは、人《ひと》が死《し》んで、この世《よ》からあの世《よ》へ行《い》くときに、わたる川《かわ》だという。そこをわたるには六文《もん》を払《はら》わなければならず、銭《ぜに》がないといつまでも行《い》くところが決《き》まらずに、さまようという迷信《めいしん》がある。

「おれたちは、いつでも、死《し》ぬ覚悟《かくご》ができてるってことだ」

海野《うんの》が低《ひく》い声《こえ》でそう言《い》うと、幸村《ゆきむら》の側近《そっきん》の七人《にん》は、たがいに顔《かお》を見合《みあ》わせて、にやりと笑《わら》った。

第《だい》一次上田合戦《じうえだかっせん》

昌幸《まさゆき》と幸村《ゆきむら》が、亡《な》き勝頼《かつより》の子《こ》、勝千代《かっちよ》を連《つ》れて上田城《うえだじょう》へもどったことは、すぐに信長《のぶなが》の知《し》るところとなったらしい。

一月《ひとつき》もたたないうちに、上田城《うえだじょう》のまわりには、織田軍《おだぐん》、徳川軍《とくがわぐん》、北条軍《ほうじょうぐん》が集結《しゅうけつ》し、その人数《にんずう》は二十万《まん》とも三十万《まん》ともいわれた。

「籠城《ろうじょう》、だな……」

城《しろ》に籠《こ》もって、外《そと》から攻《せ》めてくる敵《てき》をむかえ撃《う》つ。これは、工夫《くふう》と忍耐《にんたい》のいるいくさである。ましで上田城《うえだじょう》は、けっして大《おお》きな余裕《よゆう》のある城《しろ》ではない。

ただ、真田軍《さなだぐん》がいくさ上手《じょうず》であることも、すでに知《し》れわたっており、敵《てき》はただただ城《しろ》を取《と》りかこむだけで、なかなか攻《せ》めてはこなかった。

じりじりと、にらみあう日々《ひび》がつづいた。

天正《てんしょう》十（1582）年《ねん》、三月《がつ》二十三日《にち》。

とうとう、織田軍《おだぐん》の一部《いちぶ》が動《うご》きはじめ、上田城《うえだじょう》の外壁《がいへき》をのぼりだした。

矢《や》でも飛《と》んでくるか、鉄砲《てっぽう》で撃《う》たれるかと、兵《へい》たちははじめ、みなおそるおそるだったのだが、いっこうに真田《さなだ》が何《なに》かしてくる気配《けはい》がないので、次第《しだい》にいきおいづいて、つぎからつぎへとどんどんやってきて、まるでアリがたくさん群《むら》がっているようである。

盛《も》り土《つち》をのぼりきった最初《さいしょ》の兵《へい》の何人《なんにん》かが、塀《へい》に手《て》をかけようとした、そのとたんであった。

どん、どんどん、がらんがらんがらん……。

「わぁあっ」

塀《へい》の上《うえ》から、さまざまな大《おお》きさの材木《ざいもく》が落《お》ちてくる。アリの群《む》れは、いっせいに地面《じめん》に振《ふ》りおとされてしまった。

折《お》りかさなったまま、姿勢《しせい》をたてなおせないでいるところへ、櫓《やぐら》から矢玉《やだま》が雨《あめ》のように降《ふ》り、さらに、とつぜん城門《じょうもん》のひとつが開《ひら》いて、真田軍《さなだぐん》が斬《き》りこんできた。それを防《ふせ》ごうと必死《ひっし》になった織田軍《おだぐん》の背後《はいご》から、真田軍《さなだぐん》の別《べつ》の一軍《ぐん》がおそいかかる。

戦《たたか》いはごく短《みじか》い時間《じかん》で決着《けっちゃく》した。アリの群《む》れのほとんどが、真田軍《さなだぐん》に踏《ふ》みつぶされていた。

「よし。これでしばらく、おそってくるまい」

昌幸《まさゆき》は、味方《みかた》にひとりの死傷者《ししょうしゃ》も出《で》なかったことをありがたく思《おも》った。

それでも、城《しろ》を取《と》りまく敵《てき》はあいかわらずの大軍《たいぐん》である。

——時《とき》を味方《みかた》にするしかないな。

織田軍《おだぐん》に一矢報《いっしむく》いたとはいえ、こちらは総勢千二百《そうぜいせんにひゃく》。敵《てき》は、どれだけふくれあがるかわからない数《かず》だ。

いつ攻《せ》めてくるかわからない敵《てき》を待《ま》つ日々《ひび》の中《なか》で、幸村《ゆきむら》はいくつもの作戦《さくせん》を練《ね》り、準備《じゅんび》をした。

「みな、卵《たまご》を食《た》べるときは、殻《から》を割《わ》るな。こうして小《ちい》さく穴《あな》を開《あ》けて、わらを差《さ》しこみ、中身《なかみ》を吸《す》いだして食《た》べよ」

上田城《うえだじょう》では、家来《けらい》たちに栄養《えいよう》をつけさせるために、城内《じょうない》で鶏《にわとり》に卵《たまご》を産《う》ませていた。幸村《ゆきむら》はその殻《から》さえ、むだにしない工夫《くふう》を考《かんが》えていた。

「佐助《さすけ》。そなたのように忍術《にんじゅつ》が使《つか》えなくても、敵《てき》の目《め》をくらませる方法《ほうほう》はあるか」

「はい。それはたやすいことでございます。相手《あいて》の目《め》を痛《いた》めてしまえばよいのです」

最初《さいしょ》の戦《たたか》いでは材木《ざいもく》を投《な》げおとしたが、長期戦《ちょうきせん》を覚悟《かくご》の今《いま》となっては、材木《ざいもく》ひとつでも、もっと大切《たいせつ》にしたい。

幸村《ゆきむら》は、中身《なかみ》を食《た》べおわった卵《たまご》を集《あつ》めさせると、細《こま》かいさらさらの砂《すな》にトウガラシの粉《こな》を混《ま》ぜたものを、その中《なか》へ詰《つ》めるよう、命《めい》じた。

「つぎに敵《てき》が外壁《がいへき》をのぼってきたら、これを投《な》げおとせ」

これは実際《じっさい》、とても効果《こうか》があった。卵《たまご》の殻《から》が割《わ》れると、飛《と》びちった砂《すな》とトウガラシが敵兵《てきへい》の目《め》

や鼻《はな》に飛《と》びこんで、それ以上《いじょう》攻《せ》めようという気力《きりょく》を失《うしな》わせた。

上田城《うえだじょう》は落《お》ちずに、もちこたえた。

「あとは、兵糧《ひょうろう》の勝負《しょうぶ》だな」

昌幸《まさゆき》がつぶやいた。いくさの間《あいだ》、食《た》べ物《もの》の確保《かくほ》がむずかしいのは、敵《てき》も味方《みかた》も同《おな》じである。

もはや、いくさの行方《ゆくえ》はわからない。幸村《ゆきむら》は、家来《けらい》たちの気持《きも》ちを気《き》づかった。

——ひとつふたつ、派手《はで》なことをやってみるか。気晴《きば》らしにもなる。

幸村《ゆきむら》はまず望月《もちづき》に命《めい》じて、*埋《うず》め火《び》をたくさん作《つく》らせ、それができあがると、海野《うんの》、佐助《さすけ》以下《いか》、側近《そっきん》を呼《よ》んで、自分《じぶん》の考《かんが》えた特別《とくべつ》な作戦《さくせん》を話《はな》して聞《き》かせた。

「それは、おもしろい。やりましょう」

目《め》をかがやかせたほかの六人《にん》に向《む》かい、望月《もちづき》は少《すこ》し得意《とくい》げに、瞳《ひとみ》をくるくると動《うご》かしながら、埋《うず》め火《び》のあつかい方《かた》を説明《せつめい》した。

「油断《ゆだん》しないでくださいよ。ひとつまちがえば、味方《みかた》や自分自身《じぶんじしん》まで吹《ふ》っ飛《と》ばしてしまいますからね」

ある夜《よる》、七人《にん》はそれぞれ、こっそりと城《しろ》を抜《ぬ》けだし、越後《えちご》へと抜《ぬ》ける道沿《みちぞ》い、それぞれの持《も》ち場《ば》についた。このあたりは、北条軍《ほうじょうぐん》がかためているはずだ。

＊ 土中《どちゅう》に埋《う》めておき、敵《てき》が踏《ふ》むと爆発《ばくはつ》するようしかけた爆弾《ばくだん》。

まずともったのは、清海入道《せいかいにゅうどう》と伊三入道《いさにゅうどう》とが持《も》っていった、大《おお》きな松明《たいまつ》である。

「おや、あんなところに灯《あか》りが見《み》えるぞ！」

「真田《さなだ》のやつら、越後《えちご》へ逃《に》げていくつもりか」

三千《ぜん》ほどの北条軍《ほうじょうぐん》が集《あつ》まってくるのをたしかめて、二人《ふたり》の入道《にゅうどう》はにやりと笑《わら》うと、城《しろ》へとそっと引《ひ》きかえした。

灯《あか》りを見《み》て引《ひ》きよせられたのは、北条軍《ほうじょうぐん》だけではなかった。徳川軍《とくがわぐん》も、二千《せん》の軍《ぐん》を差《さ》しむけてきていた。

「誰《だれ》もいないぞ」

「どういうことだ。あるのは、松明《たいまつ》の灯《あか》りだけだ」

どちらの軍《ぐん》も、だまされたとわかって、引《ひ》きかえそうとした。合《あ》わせて五千《せん》の軍《ぐん》が列《れつ》になった。

その様子《ようす》を見《み》とどけたほかの五人《にん》も、にやりと笑《わら》って、それぞれ、そっと城《しろ》へともどっていった。

バチバチバチバチ、バチバチバチバチバチ……。

どーん！！！

「うわぁ、助《たす》けてくれ」

「あついあつい。火《ひ》が体《からだ》に燃《も》えうつったぞ」

松明《たいまつ》が燃《も》えつきるとともに、道《みち》に沿《そ》ってしかけられていた埋《うず》め火《び》がつぎつぎと爆発《ばくはつ》した。

埋《うず》め火《び》は、道《みち》という道《みち》すべてにつながっていたので、五千《せん》の軍《ぐん》は逃《に》げ場《ば》を失《うしな》い、多《おお》くの者《もの》が死《し》傷《しょう》した。

「みな、よくやってくれた」

幸村《ゆきむら》がねぎらいの言葉《ことば》をかけようとすると、佐助《さすけ》だけ、姿《すがた》がなかった。

「どこか、敵《てき》の様子《ようす》をさぐりに行《い》っているのか」

まもなくもどってきた佐助《さすけ》は、敵《てき》が総攻撃《そうこうげき》をかけるつもりでいる、という情報《じょうほう》を持《も》ってきた。

「信長《のぶなが》と氏政《うじまさ》は、まあこれくらいでいったん攻《せ》めるのをやめてもいいのではないかと提案《ていあん》しているらしいのですが、家康《いえやす》がかなりムキになっているようです。どうしても総攻撃《そうこうげき》をかけよと」

「そうか。それはおもしろい。望《のぞ》むところだ。みな、頼《たの》むぞ」

幸村《ゆきむら》は、ことさら明《あか》るくそう言《い》って、家来《けらい》たちを勇気《ゆうき》づけたが、本心《ほんしん》では、家康《いえやす》をうらむ気持《きも》ちがとても強《つよ》くなっていた。

――うーむ。どこまで、もちこたえられるか。

いくらこちらがいくさ上手《じょうず》でも、兵力《へいりょく》の差《さ》ははっきりしている。

正直《しょうじき》なところ、昌幸《まさゆき》も幸村《ゆきむら》も、勝《か》てると思《おも》っているわけではなかった。何度《なんど》も持《も》ちこたえていれば、信長《のぶなが》も家康《いえやす》も「小《ちい》さい城《しろ》のくせに、攻《せ》めおとすのにあまりにも手間《てま》も時間《じかん》もかかる、めんどうだ」とあきらめてくれるだろう、と願《ねが》ってのいくさだったのだ。

――どうしても、この真田《さなだ》をつぶそうというのか。

信玄《しんげん》も勝頼《かつより》も亡《な》き今《いま》、武田《たけだ》は滅《ほろ》んだも同《おな》じである。

その家来《けらい》だった真田《さなだ》が、主家《しゅか》への志《こころざし》のために、こうして少《すく》ない戦力《せんりょく》で戦《たたか》ってみせているのだ。

情《なさ》けのある武将《ぶしょう》ならば、そろそろ、戦《たたか》いをやめるための交渉《こうしょう》に入《はい》ってくれてもいいはずだ。

幸村《ゆきむら》は、あくまでもこの城《しろ》を落《お》とそうとする家康《いえやす》の性格《せいかく》に、自分《じぶん》とはどうにも、わかりあえないものを感《かん》じていた。

――ならば、どこまでも、もちこたえてやるぞ。

やがて、二万《まん》という大軍《たいぐん》が、上田城《うえだじょう》の外壁《がいへき》をのぼってきた。

「若《わか》さま。兵《へい》はみな、手《て》に竹《たけ》の束《たば》を持《も》っています」

望月《もちづき》の報告《ほうこく》に、幸村《ゆきむら》は「思《おも》ったとおりだ」とうなずいた。前回《ぜんかい》の目《め》つぶし卵《たまご》にこりて、ふりはらう道具《どうぐ》を持《も》ってきたのだろう。

「よし。手《て》はずどおりだ。松明《たいまつ》を落《お》とせ」

油《あぶら》をしっかり含《ふく》ませた松明《たいまつ》は、二万《まん》の兵《へい》が手《て》にしている竹《たけ》の束《たば》に燃《も》えうつり、ぱちぱちと火花《ひばな》を散《ち》らした。上田城《うえだじょう》の外壁《がいへき》は、土《つち》と石垣《いしがき》とでがっちり固《かた》めてできているから、こちらに火《ひ》のつく心配《しんぱい》はない。

兵《へい》たちがつぎつぎと、火花《ひばな》に追《お》われて落下《らっか》していく。そこをめがけて矢玉《やだま》を降《ふ》らせると、二万《まん》の兵《へい》がクモの子《こ》を散《ち》らしたように逃《に》げていった。

「かなりの打撃《だげき》をあたえたはずだが」

昌幸《まさゆき》が、城壁《じょうへき》の下《した》に、敵兵《てきへい》の死体《したい》が積《つ》みかさなっているのを見《み》ながらつぶやいた。

「そうですね」

――さすがにそろそろ、攻《せ》めるのをあきらめないだろうか。

昌幸《まさゆき》も幸村《ゆきむら》もそう願《ねが》った。

さぐりにいった佐助《さすけ》の話《はなし》では、信長《のぶなが》と氏政《うじまさ》が退却《たいきゃく》を考《かんが》えているのに対《たい》し、家康《いえやす》が今《いま》なお強《つよ》く、攻撃《こうげき》の続行《ぞっこう》を主張《しゅちょう》しているという。

――家康《いえやす》め。

どこまで執念深《しゅうねんぶか》いのか。

家来《けらい》たちはみな、気強《きづよ》くふるまってはいるが、やはり疲《つか》れをかくしきれない者《もの》が多《おお》い。

幸村《ゆきむら》は腹《はら》が立《た》ってきて、つぎは、たんにもちこたえるだけではなく、何《なに》か、向《む》こうの気持《きも》ちをくじくような、恥《はじ》をかかせるような作戦《さくせん》を実行《じっこう》してやろう、と考《かんが》えをめぐらせた。

「いつでも火《ひ》をつけられるように、準備《じゅんび》しておけ」

幸村《ゆきむら》は、家来《けらい》たちがみな、おどろいて苦笑《にがわら》いをするような作戦《さくせん》をとった。

いよいよ、攻《せ》め手《て》が押《お》しよせてきた。真田《さなだ》の兵《へい》たちは、鼻《はな》や口《くち》をすっぽり、布《ぬの》でつつみ、長《なが》い柄杓《ひしゃく》を持《も》って、待《ま》ちかまえていた。

あたり一面《いちめん》、ものすごい悪臭《あくしゅう》である。

「さあ、来《き》たぞ！　かまえろ！」

敵兵《てきへい》が外壁《がいへき》をのぼってくる。どの兵《へい》も、これまでの真田《さなだ》のやり方《かた》を知《し》っているから、みなどこかおっかなびっくり、腰《こし》がひけている。

それでも命令《めいれい》だから、つぎつぎに何人《なんにん》ものぼってくるのを、真田《さなだ》の兵《へい》たちの方《ほう》では、上《うえ》でにやにや笑《わら》いながら見《み》ていた。

「よし、今《いま》だ！」

幸村《ゆきむら》の号令《ごうれい》で、柄杓《ひしゃく》の中身《なかみ》が、敵兵《てきへい》たちに浴《あ》びせられた。

悪臭《あくしゅう》がいっそう、ひどくなった。

「うわぁ、なんだこれは」

「あつい、臭《くさ》い、うわぁあ」

「助《たす》けてくれ、助《たす》けてくれ」

幸村《ゆきむら》が命《めい》じたのは、人《ひと》や馬《うま》の排泄物《はいせつぶつ》を煮《に》立《た》てて、上《うえ》から浴《あ》びせかけるという作戦《さくせん》だった。

臭《くさ》さとあつさとで、敵兵《てきへい》たちはもう城壁《じょうへき》をのぼるどころではない。

身《み》につけていたものを必死《ひっし》で脱《ぬ》いで、たがいにぶつかりあったり、自分《じぶん》たちの馬《うま》にけられたりしながら、必死《ひっし》で逃《に》げていく。

——ふん、これでどうだ。

これは昔《むかし》、楠木正成《くすのきまさしげ》という武将《ぶしょう》がやったという作戦《さくせん》だった。

敵兵《てきへい》を退却《たいきゃく》させるだけでなく、その気持《きも》ちまで深《ふか》くくじけさせるやり方《かた》のひとつとして、『太《たい》平記《へいき》』という書物《しょもつ》に書《か》いてあったのを、幸村《ゆきむら》は覚《おぼ》えていたのだ。

救《すく》いの神《かみ》

それからしばらく、なんの動《うご》きもない日々《ひび》がつづいた。

「若《わか》さま。信長《のぶなが》の陣《じん》に、羽柴秀吉《はしばひでよし》が駆《か》けつけてきたようです」

様子《ようす》をさぐりに行《い》っていた佐助《さすけ》が、こんな報告《ほうこく》を持《も》ってきた。

「秀吉《ひでよし》、となあ」

羽柴秀吉《はしばひでよし》といえば、数《かず》ある信長《のぶなが》の家来《けらい》のうちで、もっとも知恵《ちえ》のある人物《じんぶつ》と評判《ひょうばん》が高《たか》い。

また、もともとは武士《ぶし》でなく、農民《のうみん》の子《こ》だったのを、信長《のぶなが》の下《しも》づかえになり、草履《ぞうり》を出《だ》し入《い》れする仕事《しごと》からはじめた人《ひと》だという。そうした経歴《けいれき》のため、下々《しもじも》の暮《く》らしや気持《きも》ちがわかり、知恵《ちえ》だけでなく情《なさ》けもあると聞《き》いている。

「そうか。何《なに》か、変化《へんか》があるかもしれぬ」

様子《ようす》を見《み》ていると、望月《もちづき》が「たった二騎《き》でこちらへやってくる者《もの》がありますと言《い》う。

すぐに佐助《さすけ》が飛《と》んでいって「秀吉《ひでよし》です。浅野長政《あさのながまさ》ひとりだけを連《つ》れて、こちらへ来《く》るようです」と報告《ほうこく》した。

「織田《おだ》の使《つか》いか。ならば、みせしめに、殺《ころ》してはどうか」

「いやいや、しばりあげて人質《ひとじち》にせよ」

長《なが》いいくさで、気持《きも》ちがあれすさんだ者《もの》たちからは、こんな声《こえ》も出《で》たが、昌幸《まさゆき》と幸村《ゆきむら》は、彼《かれ》らを叱《しか》りつけた。

「いくさをやめにできるかどうか、最後《さいご》の機会《きかい》になる。失礼《しつれい》な態度《たいど》をとるでないぞ」

昌幸《まさゆき》はそう言《い》って、城《しろ》の客間《きゃくま》を掃除《そうじ》させると、自分《じぶん》たちはよろいやかぶとをはずしてきちんと座《すわ》り、また家来《けらい》たちには静《しず》かに整列《せいれつ》させた。

やがて、家来《けらい》に案内《あんない》されて、秀吉《ひでよし》と長政《ながまさ》が入《はい》ってきた。

「ご使者《ししゃ》、ご苦労《くろう》に存《ぞん》じます。某《それがし》が真田昌幸《さなだまさゆき》です。どうぞあちらへお通《とお》りください」

昌幸《まさゆき》は二人《ふたり》をいちばんの上座《かみざ》に招《まね》きいれた。

――小柄《こがら》な人《ひと》だな。しかし、眼光《がんこう》はするどい。

幸村《ゆきむら》は、目《め》の前《まえ》にあらわれた人物《じんぶつ》を注意深《ちゅういぶか》く見《み》た。

すると、秀吉《ひでよし》の方《ほう》でも、こちらをじっと見《み》ていて、目《め》と目《め》が合《あ》った。思《おも》わず緊張《きんちょう》して、軽《かる》く頭《あたま》を下《さ》げると、秀吉《ひでよし》はなんと、にこっと猿《さる》のように人《ひと》なつこい、笑《わら》い顔《がお》を見《み》せるではないか。

――かような折《おり》に、笑顔《えがお》を見《み》せるとは。

停戦《ていせん》の交渉《こうしょう》はむずかしい。ことと次第《しだい》によっては、命《いのち》も危険《きけん》であることを承知《しょうち》で来《き》ているはずだ。

幸村《ゆきむら》は、秀吉《ひでよし》の胆力《たんりょく》にすっかり心《こころ》をうばわれてしまった。

「こたびは、主信長《あるじのぶなが》の使《つか》いとして参上《さんじょう》したものである。みなさまのいくさぶり、数々《かずかず》うかがってまいった」

声《こえ》は高《たか》からず低《ひく》からず、よくとおる。

「さて、うけたまわりたい。こちらの主《あるじ》、勝頼公《かつよりこう》は天目山《てんもくざん》ですでに自害《じがい》して亡《な》くなっておられる。また武田《たけだ》のほかの家来《けらい》たちは、みな降伏《こうふく》の意思《いし》をしめしている。さような中《なか》で、この真田家《さなだけ》のみ、ここまで戦《たたか》うからには、何《なに》かとおしたき存念《ぞんねん》がござろう。率直《そっちょく》に、お話《はな》しくだされい」

昌幸《まさゆき》がほっと小《ちい》さくため息《いき》をついたのが、幸村《ゆきむら》にはわかった。

「某《それがし》は、勝頼公《かつよりこう》のご遺言《ゆいごん》により、跡《あと》つぎとして勝千代《かっちよ》さまをおあずかりしております。なんとしても武田《たけだ》の家《いえ》を残《のこ》し、勝千代《かっちよ》さまご成長《せいちょう》ののちは、主《あるじ》の座《ざ》についていただけるよう、それがわれら真田《さなだ》の願《ねが》いでございます」

「なるほど。亡《な》き主家《しゅか》への深《ふか》きお心《こころ》、よくわかった。かならず、主信長《あるじのぶなが》に伝《つた》え、武田《たけだ》の面目《めんぼく》が立《た》つよう、とりはからおう」

そう言《い》っていったん去《さ》っていった秀吉《ひでよし》は、数日後《すうじつご》、信長《のぶなが》の署名《しょめい》の入《はい》った書状《しょじょう》を持《も》って、ふたたび上田城《うえだじょう》へやってきた。

「信長公《のぶながこう》によるご処置《しょち》を読《よ》みあげる。よくうけたまわるように。

一《ひと》つ、武田勝千代《たけだかっちよ》が十五歳《さい》になったら、甲府《こうふ》で十万石《まんごく》を支配《しはい》することをゆるす。

二《ふた》つ、真田家《さなだけ》は、代々武田家《だいだいたけだけ》の後見《こうけん》として、上田《うえだ》で五万石《まんごく》を支配《しはい》することをゆるす。

以上《いじょう》。今後《こんご》は、武田《たけだ》、真田《さなだ》とも、織田家《おだけ》にしたがうこととし、和《わ》を乱《みだ》さぬように」

真田家《さなだけ》にとっては、またとないありがたい条件《じょうけん》で、停戦《ていせん》の交渉《こうしょう》がかなうことになり、昌幸《まさゆき》も幸《ゆき》村《むら》も、秀吉《ひでよし》に大《おお》きな恩《おん》を感《かん》じた。

「羽柴《はしば》さま。ありがとうございます。このご恩《おん》は、死《し》んでも忘《わす》れませぬ」

秀吉《ひでよし》をもてなす宴《うたげ》を開《ひら》いた昌幸《まさゆき》は、秀吉《ひでよし》に心《こころ》から礼《れい》を言《い》った。

「いやいや。礼《れい》なら、信長《のぶなが》さまに直接申《ちょくせつもう》すがよい。某《それがし》は、そなたらの言葉《ことば》をそのまま伝《つた》えたうえで、真田《さなだ》のような気骨《きこつ》ある家《いえ》を、敵《てき》にまわさぬ方《ほう》が、上《うえ》さまのおためですぞ、と申《もう》しあげたまで。あとは、上《うえ》さまのご判断《はんだん》じゃ」

そう言《い》って笑《わら》う秀吉《ひでよし》が、幸村《ゆきむら》には、小柄《こがら》なのに大《おお》きく見《み》えた。

「ときに、昌幸《まさゆき》どの。城中《じょうちゅう》いたるところに、洗《あら》ったばかりらしきかぶとやよろいが出《で》ておりますな。見《み》たところ、あれらは、真田家中《さなだかちゅう》のものとはちがうようじゃが、何《なに》をしておいでかな」

「これは、むさ苦《くる》しいものがお目《め》にとまっておそれいります。じつは、先日《せんじつ》のいくさの折《おり》に……」

先日《せんじつ》のいくさの折《おり》、排泄物《はいせつぶつ》を浴《あ》びせられた敵兵《てきへい》が、脱《ぬ》ぎ捨《す》てて置《お》いていったものを、幸村《ゆきむら》の命《めい》令《れい》で洗《あら》い清《きよ》めさせていたのだった。

停戦《ていせん》が実現《じつげん》するなら、きれいにして返《かえ》そう、という考《かんが》えからだった。

「ほう。それは、ご子息《しそく》、なかなかの人物《じんぶつ》とみえますな」

このとき、秀吉《ひでよし》が自分《じぶん》に向《む》けてくれた笑顔《えがお》を、幸村《ゆきむら》は一生《いっしょう》、忘《わす》れずに覚《おぼ》えていた。

本能寺《ほんのうじ》の変《へん》

天正《てんしょう》十（1582）年《ねん》六月《がつ》。

秀吉《ひでよし》のおかげで、信長《のぶなが》の家来筋《けらいすじ》として、新《あたら》しい暮《く》らしをはじめようとしていた真田家《さなだけ》に、とんでもない情報《じょうほう》がもたらされた。

「信長《のぶなが》さまが、本能寺《ほんのうじ》にて、明智光秀《あけちみつひで》に殺《ころ》されました！」

昌幸《まさゆき》と幸村《ゆきむら》は、顔《かお》を見合《みあ》わせた。

「なんということだ。これでまた、世《よ》の中《なか》は混乱《こんらん》するぞ」

「そうですね。光秀《みつひで》がそのまま天下《てんか》を取《と》るとは、考《かんが》えにくいですし」

幸村《ゆきむら》は、秀吉《ひでよし》が今《いま》すぐ光秀《みつひで》を討《う》つならば、自分《じぶん》はよろこんで秀吉《ひでよし》の家来《けらい》になるのだが、と思《おも》ったが、現在《げんざい》秀吉《ひでよし》は、京都《きょうと》から遠《とお》く離《はな》れた、*備中《びっちゅう》にいるはずである。

「いずれにせよ、われら真田《さなだ》は、いつ、何《なに》が起《お》きてもよいように、準備《じゅんび》をおこたらぬことだ」

「はい」

その夜《よる》、ひとりになった幸村《ゆきむら》は、猿飛佐助《さるとびさすけ》を呼《よ》んだ。

＊現在《げんざい》の岡山県西部《おかやまけんせいぶ》。

「佐助《さすけ》。そなたも知《し》ってのとおり、この先《さき》、世《よ》の中《なか》がどう動《うご》くか、不安《ふあん》な状況《じょうきょう》になってきた。ついては、そなたに暇《ひま》をとらせる」

「ひ、暇《ひま》でございますか？」

佐助《さすけ》がおどろいた顔《かお》で自分《じぶん》を見《み》ている。無理《むり》もない。これから一大事《いちだいじ》というときに、主《あるじ》から暇《ひま》を出《だ》されて、おどろかない家来《けらい》はいないだろう。

「早合点《はやがてん》するな。クビにするという意味《いみ》ではない」

佐助《さすけ》が小《ちい》さくほっと、ため息《いき》をついた。

「そなたの眼力《がんりき》で、広《ひろ》く、世《よ》の中《なか》を見《み》てきてほしいのだ。特《とく》に、われらには西《にし》の方《ほう》の情報《じょうほう》が、どうしても入《はい》りづらい。京《きょう》・大坂《おおさか》を越《こ》えて中国《ちゅうごく》、四国《しこく》……富《とみ》をたくわえる国《くに》、技《わざ》や力《ちから》のある者《もの》など、この先《さき》、真田《さなだ》のためになると思《おも》うことならなんでもよい、私《わたし》のかわりに、世《よ》の中《なか》を見《み》てきてくれ」

「なるほど。ご命令《めいれい》の意味《いみ》、よくわかりました。それでは、早速《さっそく》、明日《あした》の早朝《そうちょう》にでも出発《しゅっぱつ》しましょう。して、期限《きげん》はいつまでと」

「そうだな……そなたが、『これは真田《さなだ》の危機《きき》だ』と感《かん》ずることが起《お》きたら、そのときは、帰《かえ》ってきてくれ」

幸村《ゆきむら》は、佐助《さすけ》を信《しん》じていた。

信《しん》じているからこそ、旅《たび》を命《めい》じたのだ。

「うけたまわりました」

「たのんだぞ」

佐助《さすけ》が幸村《ゆきむら》のところから下《さ》がろうとすると、清海入道《せいかいにゅうどう》の大《おお》きな姿《すがた》が立《た》ちふさがっていた。佐助《さすけ》はそのまま、幸村《ゆきむら》のところへ押《お》しもどされてしまった。

「若《わか》さま。お願《ねが》いでございます」

大《おお》きな入道《にゅうどう》が、幸村《ゆきむら》の前《まえ》に小《ちい》さくなって、手《て》をついた。

「なんだ、入道《にゅうどう》、立《た》ち聞《ぎ》きとは、非礼《ひれい》ではないか。武士《ぶし》のならいではないぞ」

「非礼《ひれい》を承知《しょうち》で、お願《ねが》いがございます。某《それがし》を、佐助《さすけ》に同行《どうこう》させてもらいたい」

佐助《さすけ》がしぶい顔《かお》をしている。それには理由《りゆう》があった。

清海入道《せいかいにゅうどう》は、最長老《さいちょうろう》でありながら、その性格《せいかく》にはどこか子《こ》どものような無邪気《むじゃき》さがある。そのため、感情《かんじょう》が顔《かお》や行動《こうどう》に出《で》やすい。

忍者《にんじゃ》として、必要《ひつよう》とあらば、自分《じぶん》の気持《きも》ちも気配《けはい》もすべて押《お》し殺《ころ》すことのできる佐助《さすけ》とは、正《せい》反対《はんたい》の性格《せいかく》の持《も》ち主《ぬし》だった。

「某《それがし》も、いざというときは誰《だれ》よりもお役《やく》に立《た》ちたい。それには、ぜひ、自分《じぶん》の腕《うで》を、世《よ》の中《なか》で広《ひろ》くためしたいのです」

もちろん、その無邪気《むじゃき》さのぶん、真田家《さなだけ》への忠義《ちゅうぎ》を尽《つ》くす気持《きも》ちが人一倍強《ひといちばいつよ》いことも、幸村《ゆきむら》は知《し》っていた。

「清海入道《せいかいにゅうどう》。では、つぎのふたつのことが守《まも》れるなら、佐助《さすけ》に同行《どうこう》をゆるそう。ひとつは、道中《どうちゅう》、佐助《さすけ》の命令《めいれい》にはかならずしたがうこと。もうひとつは、大酒《おおざけ》を飲《の》まぬこと。そなたは、酒《さけ》を飲《の》むとすぐ気持《きも》ちが大《おお》きくなって、誰《だれ》とでもけんかをしたがるから、佐助《さすけ》が迷惑《めいわく》するだろう」

ばつの悪《わる》そうな顔《かお》の入道《にゅうどう》の横《よこ》で、佐助《さすけ》がにやりと笑《わら》った。

「どうだ。このふたつ、守《まも》れるか」

「はい。主命《しゅうめい》とあらば」

「よし。ゆるそう。佐助《さすけ》、たのんだぞ」

三、佐助《さすけ》の旅《たび》～東《とう》海《かい》道《どう》

浜松城《はままつじょう》

信濃国上田《しなののくにうえだ》を出発《しゅっぱつ》した佐助《さすけ》と清海入道《せいかいにゅうどう》は、まずは遠江国《とおとうみのくに》*を目指《めざ》した。徳川家康《とくがわいえやす》が支配《しはい》している国《くに》である。

「なあ入道《にゅうどう》。前《まえ》から一度聞《どき》こうと思《おも》っていたんだが……おまえと伊三入道《いさにゅうどう》は、なんで坊主《ぼうず》の恰好《かっこう》をしてるんだ？」

佐助《さすけ》の問《と》いに、清海入道《せいかいにゅうどう》はめずらしく真面目《まじめ》な顔《かお》になり、遠《とお》くを見《み》るような目《め》つきをした。

「そうだな……自分《じぶん》たちのやっちまったことを、忘《わす》れないため、とでも言《い》っておこうか」

「ふうん。そうか」

深《ふか》い理由《りゆう》がありそうだ。

じつは、入道兄弟《にゅうどうきょうだい》は、まだごく幼《おさな》い頃《ころ》に、まちがって人《ひと》を殺《ころ》してしまったことがあったのだ。

＊現在《げんざい》の静岡県西部《しずおかけんせいぶ》。

罪《つみ》をつぐなうために、兄弟《きょうだい》はすぐに寺《てら》へ入《い》れられ、一生《いっしょう》を僧《そう》として過《す》ごすよう申《もう》しわたされた。

しばらくして、たまたま寺《てら》をおとずれた昌幸《まさゆき》に、「こんな能力《のうりょく》のある者《もの》を埋《う》もれさせておくのは惜《お》しい。自分《じぶん》の手《て》もとに置《お》いてやる」と言《い》われて、寺《てら》から出《で》ることになった。ただ、犯《おか》した罪《つみ》を忘《わす》れないために、姿《すがた》は僧《そう》のままでいようと、兄弟《きょうだい》で決《き》めたのだった。

このことは今《いま》では、昌幸《まさゆき》と兄弟《きょうだい》しか知《し》らぬことである。

だまりこんだ入道《にゅうどう》の様子《ようす》を見《み》て、佐助《さすけ》は、それ以上《いじょう》聞《き》くのはやめることにした。

そのうち、気《き》が向《む》いたら話《はな》してくれればいい。

「入道《にゅうどう》。おれは家康《いえやす》の城《しろ》に忍《しの》びこんで様子《ようす》をさぐってくる。おまえは宿《やど》をとって待《ま》っていろ」

佐助《さすけ》はそう言《い》いのこすと、ひとり、浜松城《はままつじょう》へ向《む》かった。

——なんでも、じゅうぶんすぎるような整《ととの》え方《かた》だな。

城《しろ》のかまえも、兵糧《ひょうろう》の備《そな》えも、兵《へい》の配置《はいち》も、しつこいほどに考《かんが》えぬいてあることがうかがわれる。

佐助《さすけ》は、つらく長《なが》かった上田城《うえだじょう》での籠城《ろうじょう》を思《おも》い出《だ》した。幸村《ゆきむら》に何度《なんど》も痛《いた》い目《め》にあわされながら、しつこくあきらめずに攻撃《こうげき》してきたのは、まさに家康《いえやす》の性格《せいかく》なのだろう。

——幸村《ゆきむら》さまが、また家康《いえやす》と戦《たたか》うようなことになったら、めんどうだな。

佐助《さすけ》は、そんなことにならないよう、祈《いの》らずにはいられなかった。

気配《けはい》を消《け》しながら城内《じょうない》をあちらこちら、検分《けんぶん》してまわっていると、しばられた大男《おおおとこ》が引《ひ》きずられてくるのが見《み》えた。

——入道《にゅうどう》！

いったい何《なに》があったのか。

佐助《さすけ》は、うっかり姿《すがた》をあらわしてしまわないよう気《き》をつけながら、近《ちか》くまで行《い》った。

——山野辺丹後《やまのべたんご》!?

入道《にゅうどう》をしばっている縄《なわ》を、得意《とくい》げに引《ひ》いているのは、古《ふる》くからの武田《たけだ》の家来《けらい》でありながら、うらぎって家康《いえやす》についた山野辺丹後《やまのべたんご》であった。

佐助《さすけ》は、なんとなく起《お》きたことの想像《そうぞう》がついた。

自分《じぶん》と別《わか》れたあと、入道《にゅうどう》が丹後《たんご》に出会《であ》って、思《おも》わず手《て》でも出《だ》してしまったのだろう。丹後《たんご》ひとりなら、入道《にゅうどう》が負《ま》けるはずはないが、見《み》れば、丹後《たんご》といっしょに、本多忠勝《ほんだただかつ》と井伊直政《いいなおまさ》、家康《いえやす》の家来《けらい》のうちでも、剛《ごう》の者《もの》といわれるこのふたりに加《くわ》え、大久保忠教《おおくぼただたか》の姿《すがた》まである。

入道《にゅうどう》は、どうやら家康《いえやす》の前《まえ》に引《ひ》きだされていくらしい。

佐助《さすけ》はそっとあとをつけていった。

「殿《との》。曲者《くせもの》を捕《と》らえました」

奥《おく》に座《すわ》っていた家康《いえやす》がじろりと入道《にゅうどう》をにらんだ。

「ふん。どこの馬《うま》の骨《ほね》だ」

「何《なに》を！　某《それがし》は真田幸村《さなだゆきむら》の家来《けらい》、三好清海入道《みよしせいかいにゅうどう》である！　うらぎり者《もの》の丹後《たんご》を殴《なぐ》ったくらいで、かようなあつかいを受《う》けるいわれはない！」

――あーあ。あんなことを言《い》って、どうするつもりだ。

佐助《さすけ》は、入道《にゅうどう》の正直《しょうじき》すぎる態度《たいど》を、苦笑《にがわら》いしながら見《み》ていた。しかし、見殺《みごろ》しにするわけにはいかない。

真田《さなだ》と聞《き》いて、家康《いえやす》の顔《かお》が、みるみる怒《いか》りに燃《も》えていくのがわかる。

「真田《さなだ》だと！　さてはその方《ほう》、捕《と》らえられたと見《み》せかけて、わが城内《じょうない》をさぐるつもりであろう。さような手《て》は通用《つうよう》せぬぞ。この場《ば》で首《くび》をはねよ」

ぐずぐずしてはいられない。佐助《さすけ》は、間髪《かんはつ》を容《い》れずに丹後《たんご》に近《ちか》づくと、師《し》・白雲斎《はくうんさい》にさずけられた鉄扇《てっせん》をはっしとふるった。

丹後《たんご》の首《くび》から血《ち》しぶきがあがり、胴体《どうたい》から離《はな》れて、床《ゆか》へ落《お》ちた。

「うわぁ！」

居並《いなら》ぶ者《もの》の目《め》が、丹後《たんご》の首《くび》に引《ひ》きつけられている間《あいだ》に、佐助《さすけ》は入道《にゅうどう》の巨体《きょたい》をかるがるとかかえた。

「佐助《さすけ》か……？　助《たす》けにきてくれたのか」

「だまってろ。おまえがしゃべると、ややこしくなる」

佐助《さすけ》は入道《にゅうどう》の体《からだ》をすばやく別《べつ》の部屋《へや》にかくし、家康《いえやす》のいる部屋《へや》の天井《てんじょう》にわざとゆっくり伝《つた》わるように、声《こえ》を出《だ》した。

「真田幸村《さなだゆきむら》の家来《けらい》、猿飛佐助《さるとびさすけ》である。うらぎり者《もの》の丹後《たんご》は成敗《せいばい》した。ここにいる全員《ぜんいん》の首《くび》を落《お》とすことも簡単《かんたん》だが、理由《りゆう》のない殺生《せっしょう》は本意《ほんい》でないから、今日《きょう》のところはやめておく。そのかわり、入道《にゅうどう》の身柄《みがら》はもらっていくぞ」

「幸村《ゆきむら》の家来《けらい》……ほかにもいるのか！」

家康《いえやす》の顔《かお》がまっ赤《か》になって、あちこちを探《さが》している。

しかしどんなに探《さが》そうと、佐助《さすけ》の声《こえ》がどこから聞《き》こえるのか、わかるはずはなかった。なぜなら、佐助《さすけ》はもうそのとき、入道《にゅうどう》をかかえて城《しろ》の外《そと》へ出《で》てしまっていたからだ。

城《しろ》から離《はな》れると、佐助《さすけ》はわざと乱暴《らんぼう》に、どさっと入道《にゅうどう》の体《からだ》をおろした。まだ縄《なわ》でしばられたままである。

「いてっ……。佐助《さすけ》、わざとやったな。それはいいから、早《はや》くこの縄《なわ》をほどいてくれ」

「ほどいてくれじゃないだろう。なぜこんな勝手《かって》なまねを」

「すまぬ。丹後《たんご》の姿《すがた》を見《み》たら、どうしても我慢《がまん》ができず、つい手《て》を……」

「まあいい、しかたない。さっさと浜松《はままつ》を離《はな》れよう」

由利鎌之助《ゆりかまのすけ》

そのまま東海道《とうかいどう》を西《にし》にすすみ、三河《みかわ》、尾張《おわり》と旅《たび》をつづけたふたりは、伊勢国鈴鹿山《いせのくにすずかやま》*のふもとにさしかかった。そろそろ日《ひ》も暮《く》れる、という時刻《じこく》である。

さっさと山《やま》を越《こ》えてしまおう、と相談《そうだん》していた二人《ふたり》に、地元《じもと》のお百姓《ひゃくしょう》が話《はな》しかけてきた。

「おまえさま方《がた》、これから山《やま》を越《こ》すつもりかね？　悪《わる》いことは言《い》わない。やめた方《ほう》がよい」

「なんだ、じいさま。この山《やま》、何《なに》かあるのか」

「山賊《さんぞく》がいるんだ」

「なんだぁ、山賊《さんぞく》？　そんなもの、われらが退治《たいじ》してやる。なぁ佐助《さすけ》」

入道《にゅうどう》がぶんぶんと鉄《てつ》の棒《ぼう》をふりまわした。

「いやいや、これまでも何人《なんにん》ものお侍《さむらい》がそう言《い》って山《やま》へ行《い》ったが、生《い》きて帰《かえ》ってきたお人《ひと》はひと

＊現在《げんざい》の三重県北中部《みえけんほくちゅうぶ》。

りもない。みなこわがって近《ちか》づかないよ」

「そう聞《き》けばなおのことだ」

いきおいづく入道《にゅうどう》の横《よこ》で、佐助《さすけ》はじいさまにたずねた。

「そいつ、ただの山賊《さんぞく》なのか？　何《なに》か名前《なまえ》は名《な》のってないか」

「ああ、たしか、もと＊越前朝倉《えちぜんあさくら》の残党《ざんとう》で、軍用金《ぐんようきん》を集《あつ》めているとか言《い》ってたが。何《なに》を名《な》のろうと、わしら地元《じもと》の者《もの》には、ただただおそろしくて迷惑《めいわく》なだけじゃよ」

越前朝倉《えちぜんあさくら》といえば、今《いま》から九年《ねん》ほど前《まえ》に、信長《のぶなが》によって滅《ほろ》ぼされた朝倉義景《あさくらよしかげ》のことだろう。

「じいさま。ありがとう。よい知《し》らせを待《ま》っていてくれ」

「どうしても行《い》きなさるか。おやおや、むだ死《じ》にしたいお方《かた》たちは、しかたないのう……」

あきれ顔《がお》のじいさまに見送《みおく》られて山道《やまみち》へ入《はい》ってしばらくすると、佐助《さすけ》は、人《ひと》が大勢《おおぜい》、かくれている気配《けはい》を感《かん》じとった。

「入道《にゅうどう》。油断《ゆだん》するなよ。もうかなり近《ちか》くに、ずいぶん大勢《おおぜい》さまが、手荒《てあら》いお出《で》むかえだ」

「そうか。望《のぞ》むところだ」

なおも歩《あゆ》みを進《すす》めると、ぱーんと音《おと》がして、のろしがあがった。ばらばらっと五十人《にん》ほどの賊《ぞく》が二人《ふたり》を取《と》りかこんだ。

＊　現在《げんざい》の福井県東部《ふくいけんとうぶ》。

「やい、そこの坊主《ぼうず》と侍《さむらい》。ここらは、われらが主《あるじ》の縄張《なわば》りだ。知《し》らずに通《とお》ったなら命《いのち》ばかりは助《たす》けてやるから、身《み》ぐるみ脱《ぬ》いで置《お》いていけ。知《し》って通《とお》るというなら、容赦《ようしゃ》はしない。土手《どて》っ腹《ぱら》に一発《いっぱつ》、お見舞《みま》いするぞ！」

「なぁんだ、ずいぶん古《ふる》くさいおどし文句《もんく》だな。おまえらの頭目《とうもく》*は朝倉《あさくら》の残党《ざんとう》だというが、こんなありさまでは亡《な》き主君《しゅくん》の名《な》に傷《きず》がつくぞ。成敗《せいばい》してやるからそう思《おも》え」

佐助《さすけ》がすらりと刀《かたな》を抜《ぬ》いた。入道《にゅうどう》の鉄棒《てつぼう》は、すでにぶんぶんとうなりをあげている。

「佐助《さすけ》、こんな木《こ》っ端《ぱ》ども、某《それがし》ひとりでじゅうぶんだ。おまえは木《き》の上《うえ》で見物《けんぶつ》してろ」

「そうか、じゃあ遠慮《えんりょ》なくそうさせてもらうぞ」

そう言《い》うが早《はや》いか、佐助《さすけ》は大木《たいぼく》の枝《えだ》にひらりと上《あ》がってしまった。これを見《み》て、「馬鹿《ばか》にするな」と怒《おこ》った賊《ぞく》たちが、いっせいに入道《にゅうどう》めがけて突進《とっしん》してくる。

ぶるんぶるん、どかんぼこん……。

ぶるんぶるん、どかんぼこん……。

入道《にゅうどう》のふりまわす鉄棒《てつぼう》は、賊《ぞく》たちの頭《あたま》をつぎつぎと打《う》ちたおし、体《からだ》をふりとばした。

——来《き》たな。あれが頭目《とうもく》か。

木《き》の上《うえ》から様子《ようす》を見《み》ていた佐助《さすけ》は、長《なが》い長《なが》い大槍《おおやり》をかかえた、手足《てあし》のやたら長《なが》い、筋骨隆々《きんこつりゅうりゅう》の

＊親分《おやぶん》。かしら。

男《おとこ》が、百人《ひゃくにん》以上《いじょう》の手下《てした》をしたがえてこちらへ向《む》かってくるのに気《き》づいた。

木《き》から飛《と》びおり、まだ鉄棒《てつぼう》のいきおいが余《あま》って暴《あば》れたりないという顔《かお》の入道《にゅうどう》とともに、男《おとこ》の前《まえ》に立《た》ちふさがった。

「これはまたずいぶんなごあいさつだな。某《それがし》は越前《えちぜん》朝倉《あさくら》の残党《ざんとう》、由利《ゆり》鎌之助《かまのすけ》だ。相手《あいて》になるぞ。手下《てした》の者《もの》どもは、そっちの坊主《ぼうず》をしばりあげよ！」

槍《やり》を中段《ちゅうだん》にかまえてこちらをにらみつけてくるのを見《み》て、佐助《さすけ》は「お、こいつはけっこう腕《うで》があるな。おもしろい」と、刀《かたな》で応《おう》じた。

じりじりと、間合《まあ》いが詰《つ》まる。たがいに隙《すき》がなく、なかなか、最初《さいしょ》の一撃《いちげき》を打《う》ちだすきっかけがつかめないまま、時間《じかん》が過《す》ぎる。

——思《おも》った以上《いじょう》にやるな。

そう思《おも》った瞬間《しゅんかん》、槍《やり》の先《さき》が佐助《さすけ》の胸《むな》もとに迫《せま》った。身《み》をひるがえしてよけると、鎌之助《かまのすけ》はすばやくまた槍《やり》を出《だ》してくる。

——これは、かなりの使《つか》い手《て》だ。

何十回《なんじっかい》と槍先《やりさき》をよけながら、鎌之助《かまのすけ》の手筋《てすじ》を読《よ》みとった佐助《さすけ》は、あとは得意《とくい》の忍術《にんじゅつ》で、姿《すがた》を消《け》したり、反対方向《はんたいほうこう》へ飛《と》び去《さ》ったりして、相手《あいて》が疲《つか》れるのを待《ま》った。

——もう、よいだろう。

槍先《やりさき》が突《つ》きだされるのに合《あ》わせて姿《すがた》を消《け》した佐助《さすけ》は、鎌之助《かまのすけ》の槍《やり》の、刃《やいば》と柄《え》をつないでいるあたりをばっさりと切《き》りおとした。

「無念《むねん》！」

鎌之助《かまのすけ》が槍《やり》を手放《てばな》し、腰《こし》の刀《かたな》を抜《ぬ》こうとするところを、佐助《さすけ》は腕《うで》をつかみ、足《あし》をはらった。

鎌之助《かまのすけ》は体勢《たいせい》をくずしたが、それでも地面《じめん》にはたおされず、佐助《さすけ》につかみかかってくる。

「佐助《さすけ》！」

手下《てした》をぜんぶなぎ倒《たお》した入道《にゅうどう》が駆《か》けよってきた。

「入道《にゅうどう》、手《て》を出《だ》すな！　こいつは殺《ころ》さない。生《い》け捕《ど》りにするんだ」

佐助《さすけ》はやっとのことで鎌之助《かまのすけ》の後《うし》ろ首《くび》をつかんで引《ひ》きたおし、顔《かお》を地面《じめん》にこすりつけた。

「手間《てま》をとらせやがって。殺《ころ》すのならもっとずっとたやすいのだが。由利鎌之助《ゆりかまのすけ》とやら、よく聞《き》け。いくら亡《な》き主《あるじ》のためとはいえ、人《ひと》から盗《ぬす》んだり、おどしてうばったりした金《かね》で何《なに》かをしようというのでは、なんの忠義《ちゅうぎ》にもならぬ。今頃《いまごろ》きっと、朝倉《あさくら》さまはあの世《よ》でなげいておいでだぞ。

それだけの腕《うで》があれば、かならず生《い》きる道《みち》があるはずだ。これを機会《きかい》に馬鹿《ばか》なまねはやめるんだ」

佐助《さすけ》の言葉《ことば》を聞《き》いて、鎌之助《かまのすけ》の体《からだ》の力《ちから》がふっと抜《ぬ》けた。

「おそれいりました。腕前《うでまえ》といい、言葉《ことば》といい、某《それがし》ひさしぶりに、心《こころ》の洗《あら》われる思《おも》いになりました。どうか、お名前《なまえ》をうけたまわりたい」

佐助《さすけ》が手《て》を離《はな》してやると、鎌之助《かまのすけ》はきちんと座《すわ》ってそう言《い》った。

「そうか。ならば……」

二人《ふたり》が真田幸村《さなだゆきむら》の名《な》を出《だ》すと、鎌之助《かまのすけ》はふかぶかとため息《いき》をついて、「山賊《さんぞく》をやめて、あなた方《がた》といっしょに幸村《ゆきむら》さまの家来《けらい》になりましょう」と誓《ちか》った。

御前槍試合《ごぜんやりじあい》

旅《たび》は、三人《にん》連《づ》れとなった。

鈴鹿《すずか》を発《た》って、さらに西《にし》へと歩《あゆ》みを進《すす》めるうちに、佐助《さすけ》は、秀吉《ひでよし》が明智光秀《あけちみつひで》をたおし、その後《ご》、信長《のぶなが》にかわって天下《てんか》を治《おさ》めていることを知《し》った。自分《じぶん》たちの主《あるじ》・幸村《ゆきむら》が、秀吉配下《ひでよしはいか》において、重要《じゅうよう》な役割《やくわり》をつぎつぎとつとめているらしいこともわかった。

——よかった。これなら、しばらく旅《たび》をつづけてもかまうまい。

真田《さなだ》の危機《きき》を感《かん》じたらもどってこい、という幸村《ゆきむら》との約束《やくそく》の日《ひ》は、とうぶん来《き》そうにない。佐《さ》助《すけ》はほっとしたような、さびしいような気持《きも》ちになった。

三人《にん》は気《き》ままに、旅《たび》をつづけた。道中《どうちゅう》でこまっている人《ひと》を助《たす》けたり、腕自慢《うでじまん》の人々《ひとびと》と武術《ぶじゅつ》の手《て》合《あ》わせをしたりと、のんきな日々《ひび》である。

ある日《ひ》、三人《にん》は大坂《おおさか》にいた。

姓《せい》を羽柴《はしば》から豊臣《とよとみ》とあらため、関白《かんぱく》という、国全体《くにぜんたい》を治《おさ》める地位《ちい》についた秀吉《ひでよし》が、ここに壮大《そうだい》な城《しろ》を築《きず》いたので、大坂《おおさか》の町《まち》はにぎやかだった。

「おそれいります。こちらの宿《やど》に、猿飛佐助《さるとびさすけ》さま、三好清海入道《みよしせいかいにゅうどう》さま、それに由利鎌之助《ゆりかまのすけ》さまは、おいでになりますか」

そう言《い》ってたずねてきた、若《わか》い侍《さむらい》があった。

「おやおや、あなたは」

しばらく前《まえ》に、盗賊《とうぞく》にかこまれているのを助《たす》けてやった侍《さむらい》である。

「じつは、先日《せんじつ》お助《たす》けいただいたときのことを、私《わたし》の主《あるじ》、大谷吉継《おおたによしつぐ》に申《もう》しましたところ、大谷《おおたに》から秀吉《ひでよし》さまにまで伝《つた》わりまして。秀吉《ひでよし》さまより、『猿飛《さるとび》と三好《みよし》といえば、真田《さなだ》の有能《ゆうのう》な家来《けらい》たちではないか。大坂《おおさか》に来《き》ているなら、顔《かお》を出《だ》すように言《い》え。もう一人《ひとり》いっしょにいるというのも、きっと豪傑《ごうけつ》にちがいないから、ぜひ三人《にん》で来《く》るようにとのことで」

三人《にん》は顔《かお》を見合《みあ》わせた。関白秀吉《かんぱくひでよし》が自分《じぶん》たちに会《あ》いたいとは。

「名誉《めいよ》なことだ。幸村《ゆきむら》さまが知《し》ったら、きっとおよろこびくださるだろう」

そろって大坂城《おおさかじょう》へ行《い》くと、秀吉《ひでよし》はごくごく上《じょう》きげんである。

「……由利《ゆり》は槍《やり》の名手《めいしゅ》と申《もう》すか。それはおもしろい。わが豊臣家《とよとみけ》で槍術指南《そうじゅつしなん》をつとめる、亀井新《かめいしん》十郎《じゅうろう》と手合《てあ》わせをして、腕《うで》のほどを見《み》せてくれ」

——たいへんなことになったな。

佐助《さすけ》と入道《にゅうどう》は、自分《じぶん》のことのようにどきどきしながら、試合《しあい》に出《で》ていく鎌之助《かまのすけ》を見送《みおく》った。

「はじめ！」

鎌之助《かまのすけ》の腕《うで》がいかにすばらしいかは、佐助《さすけ》も入道《にゅうどう》もよく知《し》っている。しかし、対《たい》する亀井《かめい》も、さすが豊臣家《とよとみけ》の指南役《しなんやく》、動《うご》きにまったく隙《すき》がない。

槍先《やりさき》の動《うご》きは稲妻《いなづま》のつんざくごとく、体《たい》のかわしは火花《ひばな》の散《ち》るごとく、試合《しあい》はなかなか決着《けっちゃく》がつかず、見守《みまも》る者《もの》はみな手《て》に汗《あせ》をにぎっている。

——今《いま》だ！

佐助《さすけ》がそう思《おも》った瞬間《しゅんかん》、鎌之助《かまのすけ》の槍先《やりさき》が亀井《かめい》の喉《のど》もとにせまった。

「まいった……」

亀井《かめい》がいさぎよく負《ま》けをみとめ、鎌之助《かまのすけ》に頭《あたま》を下《さ》げた。あたりがどっと沸《わ》いた。

「ふたりとも、見事《みごと》であったぞ。いや、よいものを見《み》せてもらった」

秀吉《ひでよし》はますます上《じょう》きげんである。

「由利《ゆり》どの。しばし、お待《ま》ちねがいたい」

秀吉《ひでよし》の前《まえ》を下《さ》がろうとした鎌之助《かまのすけ》に、よくひびく声《こえ》で話《はな》しかけた者《もの》がある。

「関白《かんぱく》さま。私《わたし》にもぜひ、由利《ゆり》どのとのお手合《てあ》わせをお許《ゆる》しいただきたい」

「おお、後藤《ごとう》。それは何《なに》よりだ。黒田《くろだ》、かまわぬであろうな」

——黒田長政《くろだながまさ》さまの家来《けらい》、後藤基次《ごとうもとつぐ》どのではないか！

槍《やり》を取《と》っては日本一《にっぽんいち》と評判《ひょうばん》の高《たか》い剛《ごう》の者《もの》で、黒田家《くろだけ》の家来《けらい》ではあるが、秀吉《ひでよし》からも大名並《だいみょうなみ》に重《おも》んじられている人物《じんぶつ》である。

鎌之助《かまのすけ》の顔色《かおいろ》がさっと変《か》わった。

「お手《て》やわらかに」

ふたりが立《た》ちあうと、あたりの空気《くうき》が一変《いっぺん》した。

——うーん、これはすごい……。

佐助《さすけ》は、後藤《ごとう》の槍《やり》のあつかい方《かた》に深《ふか》く感《かん》じいった。

槍《やり》といえば相手《あいて》を突《つ》くものとまず思《おも》うが、後藤《ごとう》の槍《やり》は、相手《あいて》をたたく、はらうなど、棒《ぼう》や刀《かたな》のようにも使《つか》われるのだ。

その動《うご》きは力強《ちからづよ》いだけでなく、繊細《せんさい》で、まるで槍《やり》の先《さき》までがすっかり後藤《ごとう》の体《からだ》の一部《いちぶ》のように思《おも》われた。

——それでも、鎌之助《かまのすけ》も、なかなかやるではないか……あっ！

「やっ！」

「まいった」

鎌之助《かまのすけ》の槍《やり》に、後藤《ごとう》が体勢《たいせい》をくずし、二人《ふたり》の気合《きあ》いと声《こえ》とが、ほぼ同時《どうじ》に出《で》た。見物《けんぶつ》の方《ほう》は、何《なに》が起《お》こったかわからず、みなぽかんとしている。

「鎌之助《かまのすけ》の勝《か》ち、ではないのか？　某《それがし》にはそう見《み》えたのだが」

入道《にゅうどう》が佐助《さすけ》にささやいた。

「いや。見《み》ろ」

鎌之助《かまのすけ》のひたいに、ほんのすこしだが、血《ち》がにじんでいる。

「失礼《しつれい》をいたした。痛《いた》みはありませんか」

わびる後藤《ごとう》に、鎌之助《かまのすけ》が笑顔《えがお》で言《い》った。

「いえ、ご心配《しんぱい》にはおよびませぬ。それにしてもやはり、後藤《ごとう》さまは、某《それがし》などのかなうお方《かた》ではございませんな」

「いやいや。これほどの勝負《しょうぶ》、めったに味《あじ》わえるものではございませぬ。たいへんに勉強《べんきょう》になりましたよ」

見物《けんぶつ》はここにいたってやっと、「後藤《ごとう》の勝《か》ちであったのだな」と理解《りかい》した。

この試合《しあい》が秀吉《ひでよし》をよろこばせたことはいうまでもない。

秀吉《ひでよし》はおもしろがるあまり、鎌之助《かまのすけ》を自分《じぶん》の家来《けらい》にしたいと伝《つた》えてきたが、鎌之助《かまのすけ》は「某《それがし》はあくまで、真田家《さなだけ》につかえたいと思《おも》います」とのべて、これを辞退《じたい》した。

秀吉《ひでよし》は、これに怒《おこ》ることはなく、「こうした家来《けらい》を持《も》つ真田幸村《さなだゆきむら》というのは、たいそうたのもしく、またうらやましいことだ」と、三人《にん》にじゅうぶんな褒美《ほうび》をくれた。

四、つかの間《ま》の平《へい》和《わ》

秀吉《ひでよし》と家康《いえやす》

文禄《ぶんろく》二（1593）年《ねん》八月《がつ》。

幸村《ゆきむら》は、ひさしぶりに上田城《うえだじょう》にもどってきた。

——長《なが》かったな。

この一年半《ねんはん》ほど、昌幸《まさゆき》と幸村《ゆきむら》は、*1肥前国《ひぜんのくに》にいた。

秀吉《ひでよし》が、海《うみ》を越《こ》えて、朝鮮《ちょうせん》*2や明《みん》までも自分《じぶん》の支配下《しはいか》に入《い》れようと考《かんが》え、その拠点《きょてん》となる城《しろ》を、肥前《ひぜん》の名護屋《なごや》に築《きず》いたからである。

いつ自分《じぶん》たちも、船《ふね》に乗《の》り、朝鮮《ちょうせん》へわたることになるかと、昌幸《まさゆき》も幸村《ゆきむら》も緊張《きんちょう》した日々《ひび》を送《おく》ったが、真田家《さなだけ》には渡海《とかい》の命令《めいれい》がくだることはないまま、大坂《おおさか》へもどった。

秀吉《ひでよし》の命令《めいれい》で、いったん大坂《おおさか》にとどまることになった昌幸《まさゆき》と別《わか》れ、幸村《ゆきむら》は真田《さなだ》の本拠地《ほんきょち》である、

＊1　現在《げんざい》の佐賀県《さがけん》および長崎県《ながさきけん》の一部《いちぶ》。　＊2　現在《げんざい》の中国《ちゅうごく》。

この信濃《しなの》の地《ち》を、ひさしぶりに踏《ふ》むことになった。

「根津《ねづ》。こたびはそなたにずいぶん助《たす》けられた。ゆっくり、骨休《ほねやす》めをせよ。なんなら明日《あした》にでも、上田城《うえだじょう》を私《わたし》がじきじきに案内《あんない》してやろう」

真田家《さなだけ》の領地《りょうち》、信濃《しなの》は海《うみ》に面《めん》していない。船《ふね》で朝鮮《ちょうせん》へわたるというのは、幸村《ゆきむら》には未知《みち》の世界《せかい》であった。

海《うみ》や船《ふね》にくわしいこの根津甚八《ねづじんぱち》がいてくれたことで、どれほど助《たす》かったかわからない。

「ありがたきおおせにございますが、殿《との》こそ、どうぞ奥方《おくがた》さまとごゆっくり」

根津《ねづ》は、日《ひ》に焼《や》けて赤銅色《しゃくどういろ》の顔《かお》に、白《しろ》い歯《は》をのぞかせてほほえんだ。

「ははは。よけいな気《き》をつかうでない。そうだ、海野《うんの》に、そなたを案内《あんない》させよう」

幸村《ゆきむら》は海野《うんの》を呼《よ》ぶと、「根津《ねづ》に城《しろ》の中《なか》を見《み》せてやるように」と命《めい》じた。

根津《ねづ》とは、幸村《ゆきむら》が、秀吉《ひでよし》の配下《はいか》となり、九鬼嘉隆《くきよしたか》率《ひき》いる九鬼水軍《くきすいぐん》が、*熊野《くまの》でどのような動《うご》きをしているかをさぐるよう命《めい》じられたときに知《し》りあった。

＊ 現在《げんざい》の和歌山県南部《わかやまけんなんぶ》および三重県南部《みえけんなんぶ》あたりの地域《ちいき》。

九鬼《くき》にはしたがわず、独立《どくりつ》して海《うみ》で暮《く》らす一族《いちぞく》の者《もの》だったのだが、どういうわけか幸村《ゆきむら》とは気《き》が合《あ》った。

「秀吉《ひでよし》さまの家来《けらい》にならないか」と誘《さそ》ったら、「いいえ、それはお断《ことわ》りです。しかし、どうしても誰《だれ》かの家来《けらい》になれというのならば、某《それがし》は幸村《ゆきむら》さまの家来《けらい》になりましょう」と言《い》ってくれて、以《い》来幸村《らいゆきむら》の家来《けらい》となった。

幸村《ゆきむら》の側近《そっきん》のうちでは、新参《しんざん》の方《ほう》だが、信頼《しんらい》はあつい。

――こたびのつとめは、根津《ねづ》なしではむずかしかったからな。報《むく》いてやらねば。みなのまとめ役《やく》である海野《うんの》と親《した》しくなれば、根津《ねづ》にとっては、今後《こんご》、何《なに》かと動《うご》きやすくなるだろう。

――佐助《さすけ》。清海入道《せいかいにゅうどう》。元気《げんき》でいるか。

ふたりの家来《けらい》を旅《たび》に出《だ》してから、もう十年以上《ねんいじょう》がたった。

信長《のぶなが》亡《な》きあと、秀吉《ひでよし》は、おどろくほどのいきおいで、天下《てんか》をわがものとした。

光秀《みつひで》が本能寺《ほんのうじ》で信長《のぶなが》を殺害《さつがい》したあと、誰《だれ》よりも早《はや》く光秀《みつひで》を討《う》ちとったのは、秀吉《ひでよし》だった。

備中《びっちゅう》にいて、とてもすぐには京都《きょうと》へ来《こ》られまいと思《おも》っていたのに、神業《かみわざ》のような速《はや》さでもどってきて、あっという間《ま》に光秀《みつひで》にせまり、追《お》いつめた。

信長《のぶなが》が亡《な》くなってから、十日《とおか》ほどしかたっていなかった。

その後《ご》、秀吉《ひでよし》と、同《おな》じく信長《のぶなが》の家来《けらい》だった柴田勝家《しばたかついえ》との間《あいだ》で、争《あらそ》いが起《お》きたとき、真田家《さなだけ》は迷《まよ》うことなく秀吉《ひでよし》の援軍《えんぐん》に加《くわ》わり、柴田方《しばたがた》の作戦《さくせん》を見《み》やぶるなどの手柄《てがら》を立《た》てた。

秀吉《ひでよし》はたいそうよろこんだ。

昌幸《まさゆき》も幸村《ゆきむら》も、このまま順調《じゅんちょう》に勝千代《かっちよ》が成長《せいちょう》すれば、「武田家《たけだけ》に甲府《こうふ》十万石《まんごく》の支配《しはい》をゆるす」という信長《のぶなが》との約束《やくそく》を、秀吉《ひでよし》がかわりに実行《じっこう》してくれると思《おも》っていた。

ところが、それはかなわぬ夢《ゆめ》となった。

かんじんの勝千代《かっちよ》が、十二歳《さい》で病死《びょうし》してしまったからである。

「なあ幸村《ゆきむら》。勝千代《かっちよ》さまが生《い》きていてくれたら……」

昌幸《まさゆき》は、今《いま》でもたまに、こんなふうに言《い》ってため息《いき》をつくことがある。秀吉《ひでよし》の天下《てんか》が揺《ゆ》るぎなくつづいているので、よけいにそう思《おも》うのだろう。

勝千代《かっちよ》亡《な》き今《いま》、真田家《さなだけ》は、何事《なにごと》にも豊臣家《とよとみけ》を第一《だい》におつかえしている。ただ、そのことでは、ひとつだけ、父《ちち》に複雑《ふくざつ》な思《おも》いをさせていることがある。

日本中《にっぽんじゅう》の戦国大名《せんごくだいみょう》がつぎつぎと秀吉《ひでよし》に服従《ふくじゅう》する中《なか》で、家康《いえやす》のひきいる徳川家《とくがわけ》は、のらりくらり、つかず離《はな》れず、はっきりと敵対《てきたい》するわけでもなく、しかし家来《けらい》になるというわけでもないという態度《たいど》をとりつづけてきた。

家康《いえやす》への対応《たいおう》にこまった秀吉《ひでよし》は、さまざまなやり方《かた》で、徳川家《とくがわけ》を自分《じぶん》にしたがわせようとした。

その中《なか》で、真田家《さなだけ》にも「徳川家《とくがわけ》とよい関係《かんけい》をつくるよう」との命令《めいれい》があった。

その結果《けっか》、幸村《ゆきむら》の兄《あに》・信之《のぶゆき》が、家康《いえやす》の家来《けらい》としてつかえることになったのである。

——家康《いえやす》が、ずっとおとなしくしていればよいが。

「殿《との》さま。さっきから何《なに》をむずかしい顔《かお》をなさっておいでですか」

「おお、りよか。すまぬな、待《ま》たせて」

幸村《ゆきむら》の妻《つま》となったりよは、秀吉《ひでよし》の家来《けらい》、大谷吉継《おおたによしつぐ》の娘《むすめ》である。やさしくて、美《うつく》しく、また手先《てさき》の器用《きよう》な、理想的《りそうてき》な妻《つま》だった。

いっぽう、信之《のぶゆき》の妻《つま》・小松《こまつ》は、家康《いえやす》の家来《けらい》、本多忠勝《ほんだただかつ》の娘《むすめ》だ。こちらはかなり、気《き》の強《つよ》い女性《じょせい》と聞《き》いている。

——秀吉《ひでよし》さまと家康《いえやす》に何《なに》かあれば、妻《つま》たちも巻《ま》きぞえにしてしまうことになるな。

こんなふうに考《かんが》えてしまうのは、こたび、秀吉《ひでよし》が急《きゅう》に、肥前《ひぜん》から帰《かえ》ることに決《き》めた理由《りゆう》のせいだろう。

この十余年《よねん》の間《あいだ》に、秀吉《ひでよし》が天下《てんか》を治《おさ》める体制《たいせい》はどんどん整《ととの》った。

東《ひがし》は陸奥《むつ》＊1、西《にし》は九州《きゅうしゅう》の薩摩《さつま》＊2まで、主《おも》な大名《だいみょう》が、ほぼ、秀吉《ひでよし》の配下《はいか》に治《おさ》まったといってよい。朝鮮《ちょうせん》や明《みん》にまで進出《しんしゅつ》しようというのは、いわば、そうした国内《こくない》の体制《たいせい》がかたまっている安心感《あんしんかん》から、考《かんが》えだされた計画《けいかく》といっていいだろう。

ただ、秀吉《ひでよし》には、跡《あと》とりとなる息子《むすこ》がいなかった。そこで、秀吉《ひでよし》の姉《あね》、ともが三好吉房《みよしよしふさ》との間《あいだ》にもうけた秀次《ひでつぐ》を養子《ようし》にむかえ、跡《あと》をつがせることに決《き》めていた。

秀吉《ひでよし》は、関白《かんぱく》の座《ざ》を秀次《ひでつぐ》にゆずり、自分《じぶん》は太閤《たいこう》＊3になって、「後継者《こうけいしゃ》は秀次《ひでつぐ》だ」とまわりにも示《しめ》した。

養父《ようふ》と子《こ》となった、叔父《おじ》と甥《おい》との仲《なか》は、まあまあうまくいっている、と幸村《ゆきむら》は思《おも》っていたのだが——。

ここにいたって、秀吉《ひでよし》に実子《じっし》、しかも男子《だんし》が生《う》まれたのだ。

秀頼《ひでより》と名《な》づけられたこの男子《だんし》を産《う》んだ女性《じょせい》は、淀殿《よどどの》とよばれる、秀吉《ひでよし》の側室《そくしつ》である。

幼名《ようめい》を茶々《ちゃちゃ》といい、織田信長《おだのぶなが》の妹《いもうと》であるお市《いち》の方《かた》が、近江小谷《おうみおだに》＊4の城主《じょうしゅ》であった浅井長政《あざいながまさ》との間《あいだ》にもうけた娘《むすめ》であった。

かつての主《あるじ》、信長《のぶなが》の血《ち》を引《ひ》くこの淀殿《よどどの》を、秀吉《ひでよし》はまわりの者《もの》たちがこっそりかくれて苦笑《にがわら》いするほど、大切《たいせつ》にしている。食《た》べるものでも、着《き》るものでも、淀殿《よどどの》の言《い》うことなら、どんな無理《むり》や

＊1 現在《げんざい》の東北地方《とうほくちほう》の一部《いちぶ》。＊2 現在《げんざい》の鹿児島県《かごしまけん》の一部《いちぶ》。＊3 元関白《もとかんぱく》を敬《うやま》っていう。＊4 現在《げんざい》の滋賀県《しがけん》。

わがままでも、秀吉《ひでよし》はたいてい、聞《き》きいれてしまう。

——秀次《ひでつぐ》さまのお立場《たちば》は、むずかしくなるだろうな。

真田家《さなだけ》にとって、秀吉《ひでよし》は恩人《おんじん》だ。情《じょう》に厚《あつ》いところのある秀吉《ひでよし》がいなかったら、真田家《さなだけ》は今頃《いまごろ》、なくなっていたかもしれない。

ただ、その情《じょう》の厚《あつ》さ、濃《こ》さが、これから引《ひ》きおこすかもしれないことを思《おも》うと、幸村《ゆきむら》は不安《ふあん》だった。

秀次《ひでつぐ》でなく、このたび生《う》まれた秀頼《ひでより》を、跡《あと》つぎにしたい、という気持《きも》ちを、秀吉《ひでよし》がおさえられなくなったら、どうなるだろう？

秀吉《ひでよし》ももう、五十七歳《さい》だ。予定《よてい》どおり、秀次《ひでつぐ》に跡《あと》をつがせればいいが、もし、秀頼《ひでより》と、秀次《ひでつぐ》との間《あいだ》で、跡《あと》つぎの座《ざ》を争《あらそ》うようなことになったら、どうなるだろう？

どうも、いやな予感《よかん》がする。

佐助《さすけ》や入道《にゅうどう》を、急《いそ》ぎ、呼《よ》びもどさなければならないようなことが起《お》きなければよいが——。

幸村《ゆきむら》は、りよのいれてくれた茶《ちゃ》を飲《の》みながら、ずっとそんなことを考《かんが》えていた。

五、佐助《さすけ》の旅《たび》～西《にし》へ西《にし》へ

秀吉《ひでよし》の最期《さいご》

慶長《けいちょう》三（１５９８）年《ねん》八月《がつ》。

佐助《さすけ》と清海入道《せいかいにゅうどう》、それに鎌之助《かまのすけ》の三人《にん》は、大坂《おおさか》にいた。

本当《ほんとう》は、もっと西《にし》の方《ほう》へ旅《たび》に出《で》ようと考《かんが》えていたのだが、三年前《ねんまえ》、関白《かんぱく》の秀次《ひでつぐ》が死去《しきょ》したのをきっかけに、佐助《さすけ》は考《かんが》えを変《か》えた。

秀次《ひでつぐ》は京《きょう》・大坂《おおさか》から高野山《こうやさん》へ追放《ついほう》され、さらに切腹《せっぷく》に追《お》いこまれてしまった。

やはり、実子《じっし》の秀頼《ひでより》に跡《あと》をつがせたいという秀吉《ひでよし》の思《おも》いは強《つよ》かったらしい。

とはいえ、秀頼《ひでより》はまだ六歳《さい》の子《こ》どもだ。成長《せいちょう》するまで、何《なに》が起《お》きるかわからない。

それ以降《いこう》、佐助《さすけ》は、できるだけ京《きょう》・大坂《おおさか》に近《ちか》いところにいて、何《なに》かあったときに幸村《ゆきむら》にすばやく報告《ほうこく》しようと考《かんが》え、ずっとこのあたりで暮《く》らしている。

——まただ……。

近頃《ちかごろ》、大坂城《おおさかじょう》を出入《でい》りする、秀吉《ひでよし》の家来《けらい》たちの動《うご》きが、みょうにあわただしい。

「ちょっとでかけてくる」

入道《にゅうどう》と鎌之助《かまのすけ》は、鉄棒《てつぼう》と槍《やり》、たがいの武器《ぶき》を取《と》りかえて、武術《ぶじゅつ》の稽古《けいこ》をくりかえしていた。

入道《にゅうどう》が佐助《さすけ》を見《み》て言《い》った。

「また、さぐりにいくのか」

「ああ。たしかめたいことがある」

佐助《さすけ》は、気配《けはい》を消《け》して、大坂城内《おおさかじょうない》へ忍《しの》びこんだ。

秀吉《ひでよし》は自分《じぶん》たちを気《き》にいってくれているから、正面《しょうめん》から名《な》のって案内《あんない》をたのんでも、入《い》れてはもらえる。だが、それでは、こちらの知《し》りたいことをすべて知《し》るというわけにはいかない。

——しかし、いつ来《き》てもすごい城《しろ》だな。

おそらく、秀吉《ひでよし》がこれまで、数々《かずかず》の戦《たたか》いにのぞんできた中《なか》で得《え》てきた、すべての知恵《ちえ》を結集《けっしゅう》したものなのだろう。大坂城《おおさかじょう》は、佐助《さすけ》がこれまでに見《み》たことのある城《しろ》とは、何《なに》もかもが比《くら》べものにならないほど立派《りっぱ》で、守《まも》りの固《かた》い城《しろ》である。

佐助《さすけ》は、慎重《しんちょう》に歩《あゆ》みを進《すす》めた。ふつうの侍《さむらい》になら見《み》つかる心配《しんぱい》はないが、自分《じぶん》と同《おな》じように、忍術《にんじゅつ》を使《つか》える者《もの》がかくれていたら、そのときは何《なに》が起《お》きるかわからない。めんどうを起《お》こさないにこしたことはない。

奥《おく》の間《ま》で、秀吉《ひでよし》が横《よこ》になっている。

すだれひとつへだてた次《つぎ》の間《ま》に、徳川家康《とくがわいえやす》、前田利家《まえだとしいえ》、毛利輝元《もうりてるもと》、宇喜多秀家《うきたひでいえ》、上杉景勝《うえすぎかげかつ》がそろって並《なら》び、なにやらむずかしい顔《かお》をしている。秀吉《ひでよし》の家来《けらい》のうち、「大老《たいろう》」とよばれて、何《なに》かにつけて、もっとも意見《いけん》を重《おも》んじられている五人《にん》だ。

さらに別《べつ》の座敷《ざしき》には、石田三成《いしだみつなり》、長束正家《なつかまさいえ》、増田長盛《ましたながもり》、浅野長政《あさのながまさ》、前田玄以《まえだげんい》の五人《にん》がいた。こちらは、「奉行《ぶぎょう》」とよばれ、秀吉《ひでよし》の命令《めいれい》を実行《じっこう》に移《うつ》す、手足《てあし》のような存在《そんざい》である。

――これは一大事《いちだいじ》だ。

佐助《さすけ》はそっと、秀吉《ひでよし》に近《ちか》づいてみた。

――ああ、お気《き》の毒《どく》に。

顔《かお》に、死相《しそう》があらわれている。どんな英雄豪傑《えいゆうごうけつ》も、病《やまい》に勝《か》つことはできない。

「そこにいるのは、猿飛《さるとび》か。真田《さなだ》のところの」

佐助《さすけ》はぎょっとした。

目《め》の前《まえ》の秀吉《ひでよし》の顔《かお》はまるで動《うご》いていないのに、声《こえ》が聞《き》こえる。

「心《こころ》じゃ、心《こころ》。わしは最後《さいご》の力《ちから》をふりしぼって、心《こころ》でそなたに話《はな》しかけておる」

「太閤《たいこう》さま……」

「残念《ざんねん》だが、わしはもうだめらしい。幸村《ゆきむら》に、くれぐれも、豊臣家《とよとみけ》を、秀頼《ひでより》をよろしくたのむと、伝《つた》えてくれ。ほかの者《もの》はともかく、家康《いえやす》だけは、どうしても、最後《さいご》まで信《しん》じられる気《き》がしない」

だんだんと、心《こころ》に伝《つた》わる声《こえ》が小《ちい》さくなってきた。

「太閤《たいこう》さま。しっかり」

「真田家《さなだけ》をもっと重役《じゅうやく》にできたらよかったのだが。ほかの者《もの》との関係《かんけい》もあって、むずかしかったのだ。すまなかったと、言《い》っておいてくれ」

「太閤《たいこう》さま。太閤《たいこう》さま」

佐助《さすけ》は何度《なんど》も心《こころ》で呼《よ》びかけたが、もはや秀吉《ひでよし》の声《こえ》は聞《き》こえてこなかった。

別《べつ》の間《ま》で、乳母《うば》の膝《ひざ》に抱《だ》かれていた秀頼《ひでより》が、火《ひ》がついたように泣《な》きだした。

——幸村《ゆきむら》さまへ、ご報告《ほうこく》だ。

秀吉《ひでよし》のような最高権力者《さいこうけんりょくしゃ》の病《やまい》や死《し》は、すぐに発表《はっぴょう》されることはまずない。たいてい、しばらく秘密《ひみつ》にされる。

側近《そっきん》たちが、つぎの体制《たいせい》をどうするか、あれこれと話《はな》しあい、かたまってからしか、死去《しきょ》の報《ほう》は出《だ》されない。

立《た》ち去《さ》りぎわ、佐助《さすけ》が秀頼《ひでより》のおでこを軽《かる》くなでると、泣《な》き声《ごえ》がとまった。

「あらまあ若君《わかぎみ》、急《きゅう》にごきげんがなおって。ありがたいこと」

乳母《うば》がふしぎそうに、秀頼《ひでより》の顔《かお》をのぞきこんだ。

——秀頼《ひでより》さま。あなたさまには、真田《さなだ》がついておりますよ。

霧隠才蔵《きりがくれさいぞう》

宿《やど》へもどった佐助《さすけ》は、その日《ひ》大坂城《おおさかじょう》で見聞《みき》きしたことを、大急《おおいそ》ぎで文書《ぶんしょ》にまとめた。

「入道《にゅうどう》。これを持《も》って、すぐに幸村《ゆきむら》さまのところへ行《い》ってくれ。ぜったいに寄《よ》り道《みち》するなよ」

「わかった。すぐに行《い》ってくる」

数日《すうじつ》たつと、幸村《ゆきむら》の書状《しょじょう》を持《も》った伝令《でんれい》の者《もの》があらわれた。佐助《さすけ》のような忍術使《にんじゅつつか》いではないが、足《あし》の速《はや》さを生《い》かして、陰《かげ》の連絡役《れんらくやく》としておつかえする者《もの》である。

「報告《ほうこく》、受《う》けとった。私《わたし》が考《かんが》えるに、この二、三年《ねん》の間《あいだ》に、かならず天下《てんか》を二分《ぶん》する大《おお》いくさが起《お》こるだろう。そなたは由利鎌之助《ゆりかまのすけ》という腕《うで》の立《た》つ者《もの》を味方《みかた》に引《ひ》きいれたと聞《き》いた。その者《もの》とふたり、西《にし》の方《ほう》の大名《だいみょう》たちの動《うご》きをさぐって、こちらへ知《し》らせてくれ」

書状《しょじょう》には、必要《ひつよう》なときに伝令《でんれい》の者《もの》と連絡《れんらく》をとる手段《しゅだん》も書《か》いてあった。

翌日《よくじつ》からさっそく、佐助《さすけ》と鎌之助《かまのすけ》は、中国《ちゅうごく》から九州方面《きゅうしゅうほうめん》をめざす旅《たび》に出《で》た。

摂津《せっつ》[*1]、兵庫《ひょうご》[*2]、須磨《すま》、姫路《ひめじ》と、それぞれ城下《じょうか》の様子《ようす》を見聞《みき》きして、つぎに通《とお》りかかったのは備前《びぜん》[*3]岡山《おかやま》、大老《たいろう》のひとりでもある、宇喜多秀家《うきたひでいえ》の支配《しはい》する城下《じょうか》である。

ふたりは児島屋《こじまや》という旅籠《はたご》に泊《と》まることにした。人《ひと》の出入《でい》りが多《おお》そうで、いろんな話《はなし》が聞《き》きこめそうである。

「なんだか奥《おく》の間《ま》がたいそうにぎやかだな。何《なに》かやっているのかい?」

鎌之助《かまのすけ》が宿《やど》の女中《じょちゅう》にたずねると、「お泊《と》まりの修験者《しゅげんじゃ》の方《かた》が、みなさんに術《じゅつ》を見《み》せてくれるんだそうです」との答《こた》えが返《かえ》ってきた。

「オイ佐助《さすけ》。修験者《しゅげんじゃ》の術《じゅつ》って、どんなだろうな」

「うーん、どうも、うさんくさいな」

修験者《しゅげんじゃ》とは、けわしい山《やま》をめぐり歩《ある》いて仏《ほとけ》の教《おし》えをきわめようとする修行《しゅぎょう》の者《もの》だ。

病人《びょうにん》でも治《なお》そうというのなら話《はなし》は別《べつ》だが、本当《ほんとう》の修験者《しゅげんじゃ》が、人前《ひとまえ》でなんの目的《もくてき》もなく、術《じゅつ》など使《つか》ってみせようというのは、どうにもみょうな話《はなし》だった。

「行《い》ってみるか」

*1 現在《げんざい》の大阪府北中部《おおさかふほくちゅうぶ》および兵庫県南東部《ひょうごけんなんとうぶ》。*2 現在《げんざい》の兵庫県神戸市西部《ひょうごけんこうべしせいぶ》。*3 現在《げんざい》の岡山県東南部《おかやまけんとうなんぶ》。

見物人《けんぶつにん》にまじって見《み》ていると、男《おとこ》がひとり出《で》てきて、わざとらしく重々《おもおも》しくしゃべりだした。

「さて、みなの衆《しゅう》。今日《きょう》は一生《いっしょう》に一度《ど》見《み》られるか見《み》られないかの、特別《とくべつ》な術《じゅつ》をお目《め》にかけよう」

そう言《い》うと、男《おとこ》はうしろの壁《かべ》の前《まえ》で手《て》を広《ひろ》げた。

「はっ！」

かけ声《ごえ》とともに、男《おとこ》は姿《すがた》を消《け》した。と思《おも》うと、小《ちい》さなネズミがあらわれて、ちょろちょろと走《はし》っていく。

――うーん、これは。

まちがいなく、忍術《にんじゅつ》だ。ただし、佐助《さすけ》の習《なら》った甲賀流《こうがりゅう》とはちがうらしい。甲賀流《こうがりゅう》では、ネズミを使《つか》うことはない。

――たしか、あの大泥棒《おおどろぼう》の石川五右衛門《いしかわごえもん》が、こんな術《じゅつ》を使《つか》うと聞《き》いたことがあるが。仲間《なかま》か。

やがて、男《おとこ》はふたたび姿《すがた》をあらわした。

「いやいや、今《いま》のはほんの小手調《こてしら》べ。さておつぎは」

みなの目《め》が男《おとこ》にくぎづけになっている。佐助《さすけ》は鎌之助《かまのすけ》に耳《みみ》うちした。

「鎌之助《かまのすけ》。おまえ、部屋《へや》へもどって、おかしなことがないか、見張《みは》っていてくれ」

鎌之助《かまのすけ》をその場《ば》からそっと離《はな》れさせ、佐助《さすけ》はじっと男《おとこ》のやることに目《め》をこらした。

——何者《なにもの》だ。何《なに》をたくらんでいる？

「おん！」

男《おとこ》がつぎに呪文《じゅもん》のような声《こえ》をあげると、その場《ば》にいた者《もの》がつぎつぎとこっくりこっくり、居眠《いねむ》りをはじめた。

——催眠《さいみん》の術《じゅつ》か。

佐助《さすけ》は用心深《ようじんぶか》く、術《じゅつ》にかからないよう、意識《いしき》に鍵《かぎ》をかけると、わざと眠《ねむ》ったふりをした。

その場《ば》の者《もの》がみな眠《ねむ》ったのを見《み》て、男《おとこ》がそっと部屋《へや》をぬけだしていく。しばらくおいて、佐助《さすけ》もその場《ば》をぬけだした。

——どこへ行《い》った？

どしん、ばたん、がちゃん……。

音《おと》のする方《ほう》へ行《い》ってみると、鎌之助《かまのすけ》が男《おとこ》と取《と》っ組《く》みあっている。

「佐助《さすけ》！　こいつ泥棒《どろぼう》だ。今《いま》おれたちの財布《さいふ》と刀《かたな》を持《も》ちだそうとするのを見《み》つけた！」

「なるほどそうか。ほかにもきっと旅人《たびびと》から物《もの》を盗《ぬす》んでいるにちがいない。鎌之助《かまのすけ》、そいつ、離《はな》すんじゃないぞ！」

男《おとこ》を鎌之助《かまのすけ》にまかせて、佐助《さすけ》はみなが眠《ねむ》りこけている部屋《へや》へもどった。

「みなの衆《しゅう》！　起《お》きるんだ。泥棒《どろぼう》だ、泥棒《どろぼう》が入《はい》って、みなの荷物《にもつ》を荒《あ》らしていったぞ」

「なんだ、なんだ」

「泥棒《どろぼう》だって」

さわぎになったところで、宿中《やどじゅう》の灯《あか》りがぜんぶ、いっせいに消《き》えた。

「きゃぁ！」

――しまった。

舌《した》うちしているところに、鎌之助《かまのすけ》がはあはあと息《いき》を切《き》らしてかけこんできた。

「佐助《さすけ》、すまん、しくじった。やつに逃《に》げられた。いきなり灯《あか》りが消《き》えたので、つい……」

しかし、ようやく灯《あか》りがともると、ふたりには思《おも》いもよらないことが起《お》きていた。

宿《やど》の主人《しゅじん》が刺《さ》し殺《ころ》されていたのである。しかも、使《つか》われていたのは、佐助《さすけ》の刀《かたな》だった。

「人殺《ひとごろ》しがあったというのは、この宿《やど》か!?」

おまけに、どういう手《て》まわしのよさか、早《はや》くも役人《やくにん》がどやどやと大勢《おおぜい》で踏《ふ》みこんできた。

「この刀《かたな》の持《も》ち主《ぬし》は誰《だれ》だ。宿帳《やどちょう》を見《み》せよ」

宿帳《やどちょう》には、客《きゃく》の名前《なまえ》や服装《ふくそう》、主《おも》な持《も》ち物《もの》などが書《か》きこまれている。

「いかん。逃《に》げるのは本意《ほんい》ではないが、今捕《いまつか》まってはことがめんどうだ。逃《に》げるぞ」

佐助《さすけ》ひとりなら、すぐ気配《けはい》を消《け》してしまえるのだが、鎌之助《かまのすけ》がいっしょではそうもいかない。

佐助《さすけ》はできるだけ暴《あば》れまわって逃《に》げ道《みち》を作《つく》った。

「鎌之助《かまのすけ》、こっちだ！　おれについてくるんだ」

佐助《さすけ》は全力《ぜんりょく》で走《はし》りだした。ところが、しばらくして振《ふ》りむくと、鎌之助《かまのすけ》の姿《すがた》がない。

——鎌之助《かまのすけ》！　捕《つか》まったのか。

気配《けはい》を消《け》して引《ひ》きかえしてみると、鎌之助《かまのすけ》はしばられ、岡山城内《おかやまじょうない》にある牢《ろう》へ入《い》れられていくところだった。

佐助《さすけ》は考《かんが》えた。

術《じゅつ》を使《つか》って、鎌之助《かまのすけ》を助《たす》けだすことは、さほどむずかしいことではない。

しかし、人殺《ひとごろ》しの汚名《おめい》を着《き》たまま逃《に》げだすことは、真田家家来《さなだけけらい》としての自尊心《じそんしん》がゆるさない。

幸村《ゆきむら》の名誉《めいよ》を傷《きず》つけることにもなる。

ここは、なんとしても、本当《ほんとう》の人殺《ひとごろ》しを自分《じぶん》の手《て》で捕《つか》まえて、役人《やくにん》に突《つ》きだしてやろう。

それに、宇喜多秀家《うきたひでいえ》は、大老《たいろう》だ。この機会《きかい》を利用《りよう》して、城主《じょうしゅ》に直接会《ちょくせつあ》うことができれば、何《なに》か重要《じゅうよう》なことが聞《き》きだせるかもしれない。

——鎌之助《かまのすけ》。すまん。俺《おれ》を信《しん》じて、しばらく耐《た》えてくれ。

気配《けはい》を消《け》しつづけているのは、体力《たいりょく》を消耗《しょうもう》する。

宿《やど》へもどることはできないから、ひとまずどこかで休《やす》もうと考《かんが》えて、佐助《さすけ》は田舎道《いなかみち》の脇《わき》に建《た》っていた、地蔵堂《じぞうどう》にもぐりこんで、寝《ね》ることにした。すると——。

「おい、もうこのへんでよいだろう。獲物《えもの》をわけよう」

「ああ、腹《はら》も減《へ》ったし」

——？

地蔵堂《じぞうどう》の前《まえ》の小《ちい》さな庭《にわ》で、人《ひと》の声《こえ》がする。四人《にん》くらいいるようだ。こんな夜《よ》ふけに何者《なにもの》だろう、と思《おも》って聞《き》き耳《みみ》を立《た》てていると、どうやら盗賊《とうぞく》である。

「そういえば、頭《かしら》はどうした」

「うん、なんでも児島屋《こじまや》でちょっとめんどうがあったとか言《い》ってたが」

——なんだと。

佐助《さすけ》は地蔵堂《じぞうどう》から身《み》をおどらせると、四人《にん》のうしろ首《くび》をひっつかみ、頭《あたま》をごおんとひとつにぶつけてやった。

「いてぇ。何《なに》しやがる。目《め》から火花《ひばな》が出《で》るじゃないか」

「なんだ、なんだ。ひでぇことを。誰《だれ》だ」

「おまえたち、泥棒《どろぼう》か。今《いま》すぐ役所《やくしょ》へ突《つ》きだしてやる」

佐助《さすけ》はあっというまに四人《にん》をひとまとめにしばった。

「かんべんしてくれ。今日《きょう》の獲物《えもの》、ぜんぶやるから」

「たのむ、なんでも言《い》うことを聞《き》く。離《はな》してくれ」

おろおろと泣《な》きだす泥棒《どろぼう》たちに、佐助《さすけ》は言《い》った。

「さっきしゃべっていた、おまえたちの頭《かしら》ってのは、おかしな術《じゅつ》を使《つか》うやつか。正直《しょうじき》に言《い》え」

「え、あ、はいそうです」

「名《な》はなんという。かくれ家《が》はどこだ」

「え……それは」

「なんだ、言《い》わないのか。言《い》わないなら、こうしてやるぞ」

佐助《さすけ》は四人《にん》をしばっている縄《なわ》をぎりぎりと締《し》めつけた。

「わ、わ、言《い》います、言《い》いますから、ゆるしてください。おれたちの頭《かしら》は、雲風群東次《くもかぜぐんとうじ》といいます。かくれ家《が》は……」

四人《にん》は素直《すなお》に白状《はくじょう》したが、佐助《さすけ》はすぐには縄《なわ》をほどいてやらなかった。

「よし。おまえたちの言《い》うことが本当《ほんとう》だとわかったら、縄《なわ》をほどいてやる。このままこうしていろ」

佐助《さすけ》は四人《にん》を地蔵堂《じぞうどう》の中《なか》へ放《ほう》りこむと、群東次《ぐんとうじ》のかくれ家《が》があるという山《やま》の中《なか》へ入《はい》っていった。

——ここか。

一見《いっけん》、猟師《りょうし》の小屋《こや》のように見《み》えるそのかくれ家《が》に忍《しの》びこむと、佐助《さすけ》は天井《てんじょう》の梁《はり》の上《うえ》に腰《こし》をかけて、群東次《ぐんとうじ》が姿《すがた》を見《み》せるのを、待《ま》った。

明《あ》け方近《がたちか》く、男《おとこ》がひとり、やってきた。まちがいない。さっきのあの男《おとこ》だ。

「おおい、もどったぞ。あれ？　手下《てした》ども、誰《だれ》もいないのか」

梁《はり》から飛《と》びおりた佐助《さすけ》は、群東次《ぐんとうじ》に馬《うま》のりになった。

「やい。児島屋《こじまや》で人殺《ひとごろ》しと盗《ぬす》みをやったのはおまえだろう！」

「なんだと、くそっ、なぜここを」

群東次《ぐんとうじ》の姿《すがた》がふっと消《き》えて、ネズミがちょろちょろと走《はし》り去《さ》る。

「猪口才《ちょこざい》な。このおれに向《む》かって忍術《にんじゅつ》でいどんでくるとは、いい度胸《どきょう》だ。目《め》にもの見《み》せてくれるぞ！」

佐助《さすけ》はそう言《い》いはなつと、小屋《こや》を出《で》て、落《お》ちていたにぎりこぶしほどの石《いし》を拾《ひろ》うと、屋根《やね》の上《うえ》、朝焼《あさや》けに染《そ》まった空《そら》の一点《いってん》をねらって、びゅん！　と投《な》げつけた。

「うわぁっっっ！」

姿《すがた》をあらわされてしまった群東次《ぐんとうじ》の体《からだ》が、屋根《やね》からころげおち、庭先《にわさき》にあった井戸《いど》へぼちゃん、と大《おお》きな水音《みずおと》をたててはまった。ねらいどおりである。

「た、助《たす》けてくれ」

「なんだ。忍術使《にんじゅつつか》いのくせに、井戸《いど》から上《あ》がってくることもできないのか」

「*水遁《すいとん》の術《じゅつ》は、師匠《ししょう》からまだ教《おそ》わっていないんだ。たのむ。たのむ」

「おまえの罪《つみ》を着《き》せられて、おれの仲間《なかま》が捕《つか》まっている。助《たす》けてやったら、素直《すなお》に自首《じしゅ》するか」

「する、かならず、する……」

佐助《さすけ》が口《くち》の中《なか》で何《なに》か呪文《じゅもん》を唱《とな》えると、たちまち井戸《いど》の水《みず》があふれて、群東次《ぐんとうじ》の体《からだ》が投《な》げだされた。群東次《ぐんとうじ》はびしょびしょのまま、佐助《さすけ》の前《まえ》へ手《て》をついてわびた。

「申《もう》し訳《わけ》ありませんでした」

「よし、いいだろう。ときにおまえ、師匠《ししょう》といっていたが、おまえの師匠《ししょう》とは誰《だれ》だ」

「それればかりはおゆるしください。いつも叱《しか》られてばかりの師匠《ししょう》、こたびのことを聞《き》かれれば、私《わたし》はきっと破門《はもん》されてしまいます」

「ほう。おまえのような者《もの》でも、師《し》はこわいのだな。ますます会《あ》ってみたくなったぞ」

＊水《みず》を使《つか》って姿《すがた》をかくす忍術《にんじゅつ》。

佐助《さすけ》がそう言《い》うと同時《どうじ》に、ひゅっと風《かぜ》を切《き》る音《おと》がして、一片《いっぺん》の手裏剣《しゅりけん》が目《め》の前《まえ》にせまってきた。間一髪《かんいっぱつ》、首《くび》をひねってよけた佐助《さすけ》は、のばした右手《みぎて》でそれを受《う》けとめた。すると同時《どうじ》に声《こえ》が聞《き》こえた。

「お望《のぞ》みに合《あ》わせて、来《き》てやったぞ。群東次《ぐんとうじ》のおろか者《もの》め」

すらりとした長身《ちょうしん》、ほっそりとした腰《こし》、抜《ぬ》けるほど色《いろ》が白《しろ》く、切《き》れ長《なが》の目《め》が美《うつく》しい。女《おんな》かと見《み》まちがうような男《おとこ》がひとり、いつの間《ま》にかすぐそばに立《た》っている。

「師匠《ししょう》！」

――これが、その師匠《ししょう》か。

「その方《ほう》、なかなかやるな。できの悪《わる》い弟子《でし》だが、それでもそう簡単《かんたん》にはわたせない。私《わたし》とひとつ、術《じゅつ》くらべをしてもらおう。そちらが勝《か》てば、群東次《ぐんとうじ》の身柄《みがら》、わたしてやる」

「術《じゅつ》くらべだと。こしゃくな。よし、来《こ》い！」

佐助《さすけ》はまず手《て》はじめに、さっきの手裏剣《しゅりけん》を男《おとこ》に投《な》げつけると、気配《けはい》を消《け》した。

男《おとこ》はらくらくと手裏剣《しゅりけん》を手《て》で取《と》ると、佐助《さすけ》めがけて投《な》げつけてきた。

――気配《けはい》を消しているのに、おれの姿《すがた》が見《み》えるのか。たいしたもんだな。

男《おとこ》が懐《ふところ》に手《て》を入《い》れて、また何《なに》かを投《な》げた。今度《こんど》は手裏剣《しゅりけん》ではないらしい。

ばふっ……。

爆音《ばくおん》がして、火《ひ》の手《て》があがり、相手《あいて》の姿《すがた》が見《み》えなくなった。

――火遁《かとん》の術《じゅつ》か。なかなかやるな。

佐助《さすけ》は、さっき群東次《ぐんとうじ》がはまった井戸《いど》の水《みず》を、炎《ほのお》に向《む》かってあふれさせ、消《け》した。

――あっ。

煙《けむり》のはしから、ネズミがちょろちょろと走《はし》っていく。

佐助《さすけ》はとっさに、三毛猫《みけねこ》の姿《すがた》になり、ネズミを追《お》った。するどい爪《つめ》でネズミの頭《あたま》をぐっと押《お》さえつける。

たまりかねたのか、男《おとこ》はもとの姿《すがた》になって、ふかぶかと頭《あたま》を下《さ》げた。

「まいった。まいりました。群東次《ぐんとうじ》の身柄《みがら》は差《さ》しだします。ついては、ご尊名《そんめい》をうかがいたい」

「われこそは、真田幸村《さなだゆきむら》が家来《けらい》、猿飛佐助《さるとびさすけ》である」

「え、ではあなたが、あの白雲斎《はくうんさい》先生《せんせい》の秘蔵弟子《ひぞうでし》……。なるほど、それではかなうはずがありません。たいへん失礼《しつれい》いたしました。私《わたし》は百地三太夫《ももちさんだゆう》の弟子《でし》で、霧隠才蔵《きりがくれさいぞう》と申《もう》します」

——霧隠《きりがくれ》……。聞《き》いたことがあるぞ。伊賀流《いがりゅう》では五本《ほん》の指《ゆび》に入《はい》ると。もしかして、石川五右衛門《いしかわごえもん》も仲間《なかま》ですか」

「あなたほどの人《ひと》が、なぜ、こんな泥棒《どろぼう》の首領《しゅりょう》のようなまねを。

「面目《めんぼく》ない。私《わたし》も、これでももとは武家《ぶけ》の生《う》まれ。主《あるじ》がいくさに敗《やぶ》れ、つかえる先《さき》をなくして、かような生業《なりわい》になりさがりました。かくなる上《うえ》は、群東次《ぐんとうじ》とともに、お上《かみ》に出頭《しゅっとう》いたしましょう」

「いや、待《ま》たれよ、才蔵《さいぞう》どの。あなたほどの人《ひと》を埋《う》もれさせるのは惜《お》しい。どうでしょう、私《わたし》といっしょに、真田《さなだ》の家来《けらい》になりませんか。幸村《ゆきむら》さまならば、あなたがおつかえするのに、まちがいなく、何不足《なにふそく》のない主《あるじ》。あなたが味方《みかた》になってくれるなら、私《わたし》も幸村《ゆきむら》さまにとてもよい報告《ほうこく》ができる」

「そうですか……。佐助《さすけ》どののような方《かた》がそこまでおおせになるなら、したがいましょう。では手《て》はじめに、弟子《でし》の不始末《ふしまつ》を私《わたし》がつぐないます。かならず、お仲間《なかま》を牢《ろう》から取《と》りもどしましょう」

岡山城《おかやまじょう》

三人《にん》は、連《つ》れだって岡山城《おかやまじょう》へ向《む》かった。

どうするのかと思《おも》っていると、才蔵《さいぞう》は正面《しょうめん》の門《もん》へまわってごくふつうに案内《あんない》を乞《こ》い、「斉藤真《さいとうしん》五郎《ごろう》さまに、才蔵《さいぞう》が来たとお伝《つた》えねがいたい」と言《い》った。

「どういうことだ？」

おどろく佐助《さすけ》に、才蔵《さいぞう》は平然《へいぜん》と言《い》った。

「以前《いぜん》に一度《ど》、私《わたし》が命《いのち》を助《たす》けてさしあげたことのあるお侍《さむらい》です。きっと、悪《わる》いようにはなさらないでしょう」

ほどなく、三人《にん》は城内《じょうない》の一室《いっしつ》へ通《とお》された。

「斉藤《さいとう》さま。おひさしう」

「おお、才蔵《さいぞう》ではないか。今日《きょう》はどうしたのだ」

「じつは、ただいまこちらのお牢《ろう》で、児島屋《こじまや》の主人《しゅじん》を殺《ころ》したとして捕《つか》まっている由利鎌之助《ゆりかまのすけ》という人《ひと》がいるはずですが、それは濡《ぬ》れ衣《ぎぬ》です。本当《ほんとう》の人殺《ひとごろ》しは、私《わたし》がここに連《つ》れてきました。どうか、お調《しら》べの役目《やくめ》の方《かた》にお取《と》りつぎを」

「なんだと。それは聞《き》きずてならぬ。すぐに知《し》らせてこよう」

斉藤《さいとう》が急《いそ》いで部屋《へや》を出《で》ていくと、才蔵《さいぞう》が群東次《ぐんとうじ》に向《む》きなおって言《い》った。

「いいか。もうおまえは術《じゅつ》を使《つか》うでないぞ。そうして、きちんと罪《つみ》をつぐなってこい。私《わたし》も、心《こころ》を入《い》れかえて、新《あたら》しい主《あるじ》におつかえしようと思《おも》うから。いいな」

「師匠《ししょう》……」

「もうおまえは忍者《にんじゃ》ではないのだから、師匠《ししょう》と弟子《でし》ではない。いいな。真人間《まにんげん》に立《た》ちかえって、罪《つみ》をつぐなうのだぞ」

こんこんと言《い》い聞《き》かせる様子《ようす》は、思《おも》わず佐助《さすけ》もしんみりとした気持《きも》ちになるほどであった。

斉藤《さいとう》が役人《やくにん》を連《つ》れてもどってくると、群東次《ぐんとうじ》はおとなしく引《ひ》きたてられていった。

「才蔵《さいぞう》。それで、今日《きょう》そなたとともにおいでの、こちらの方《かた》はどなたか」

「はい。こちらは、真田幸村《さなだゆきむら》さまのご家来《けらい》で、猿飛佐助《さるとびさすけ》どの。そして、まちがって牢《ろう》につながれていた由利鎌之助《ゆりかまのすけ》どのも、同《おな》じく幸村《ゆきむら》さまのご家来《けらい》です」

斉藤《さいとう》がふと思案顔《しあんがお》をした。何《なに》かを思《おも》い出《だ》している様子《ようす》である。

「はて、由利鎌之助《ゆりかまのすけ》どのといえば、もしやいつぞや、大坂城《おおさかじょう》の、亡《な》き太閤《たいこう》さまの御前《ごぜん》で、後藤基次《ごとうもとつぐ》さまと槍《やり》の手合《てあ》わせをなさった方《かた》ではないか」

「さようです。よく覚《おぼ》えていてくださいましたな」

佐助《さすけ》がそう言《い》うと、斉藤《さいとう》の顔色《かおいろ》が変《か》わった。

「さような方《かた》を、たとえほんの数日《すうじつ》でも、牢《ろう》へつないでいたとあっては、一大事《いちだいじ》です。わが主君《しゅくん》宇喜多秀家《うきたひでいえ》さまにお伝《つた》えして、家中《かちゅう》をあげておわびを申《もう》しあげますから、どうぞしばらく城《しろ》にご滞在《たいざい》ください」

——おやおや、みょうな風向《かざむ》きだ。

けっきょく、佐助《さすけ》と才蔵《さいぞう》、そして牢《ろう》から出《だ》された鎌之助《かまのすけ》は、秀家《ひでいえ》からもてなしを受《う》けることになった。毎日毎日《まいにちまいにち》、衣食住《いしょくじゅう》のすべてにわたって充分《じゅうぶん》に世話《せわ》をしてもらい、下《した》にも置《お》かぬあつかいである。

——ありがたいことだが、こうばかりも、していられない。

数日後《すうじつご》、佐助《さすけ》は斉藤《さいとう》に切《き》りだした。

「斉藤《さいとう》どの。もてなしはありがたいが、われら、いつまでもこうしているわけにはいかぬ。そろそろお暇《いとま》を申《もう》しあげたいが」

「そうですか。主《あるじ》はすっかりお三方《かた》をお気《き》にいりですから、きっと残念《ざんねん》がるでしょう」

別《わか》れのあいさつをしようと三人《にん》が秀家《ひでいえ》に対面《たいめん》すると、秀家《ひでいえ》は思《おも》わぬことを言《い》った。

「そなたたちは、これからどこへ行《い》かれるおつもりか」

「はい。九州《きゅうしゅう》まで足《あし》をのばしてみようかと思《おも》っていますが……」

「ううむ……。悪《わる》いことは言《い》わぬ。すぐ、信州《しんしゅう》へお帰《かえ》りなされ」

「それは、なにゆえでございましょう」

「私《わたし》の口《くち》からはっきりとは言《い》いがたいが、とうとう、来《きた》るべき時《とき》が来《き》たようだ。かような折《おり》、本当《ほんとう》は、そなたたちが私《わたし》の家来《けらい》になってくれればうれしいが、それはきっと無理《むり》な話《はなし》であろう。ならば、今《いま》こそ、幸村《ゆきむら》どののもとへ帰《かえ》られよ」

幸村《ゆきむら》の書状《しょじょう》にあった言葉《ことば》が思《おも》い出《だ》された。

——かならず天下《てんか》を二分《ぶん》する大《おお》いくさが起《お》こるだろう。

「ありがたきお言葉《ことば》。おおせのとおりにいたします」

六、天《てん》下《か》分《わ》け目《め》

三成《みつなり》か、家康《いえやす》か

慶長《けいちょう》五（１６００）年《ねん》七月《がつ》。

「父上《ちちうえ》。いかがなさいまする」

「うむ。そうだな……せめて、利家《としいえ》さまがもうすこし生《い》きていてくださったら」

幸村《ゆきむら》の問《と》いに、父《ちち》、昌幸《まさゆき》はそう言《い》って、腕《うで》を組《く》みなおし、目《め》を閉《と》じて考《かんが》えこんでしまった。

石田三成《いしだみつなり》につくか、徳川家康《とくがわいえやす》につくか――。

今《いま》、国中《くにじゅう》の大名《だいみょう》が、どちらを選《えら》ぶのか、決断《けつだん》をせまられていた。

秀吉《ひでよし》が亡《な》くなってそろそろ二年《ねん》になる。

秀吉《ひでよし》の死《し》の直後《ちょくご》は、秀頼《ひでより》の養育係《よういくがかり》でもあった前田利家《まえだとしいえ》によって、なんとか保《たも》たれていた諸大名《しょだいみょう》の和《わ》だったが、その利家《としいえ》が、秀吉《ひでよし》の死《し》から一年《ねん》も経《た》たないうちに亡《な》くなってしまうと、あっという間《ま》にもめ事《ごと》が表面《ひょうめん》にあらわれてきた。

秀頼《ひでより》は今年《ことし》ようやく八歳《さい》。

豊臣家《とよとみけ》による天下《てんか》の支配《しはい》については、どうしても、利家《としいえ》が欠《か》けて四人《にん》になった大老《たいろう》、および五人《にん》の奉行《ぶぎょう》が、実権《じっけん》をにぎることになる。

なかでも、三成《みつなり》と家康《いえやす》は、発言力《はつげんりょく》の大《おお》きい存在《そんざい》になっていた。

三カ月前《げつまえ》のことだった。大老《たいろう》のひとりでもある会津《あいづ》の上杉景勝《うえすぎかげかつ》が、自分《じぶん》の城《しろ》の改築《かいちく》や新築《しんちく》をくりかえしている、という情報《じょうほう》が、豊臣家《とよとみけ》にもたらされた。

それを聞《き》いた家康《いえやす》は、「どういうことか。いくさの準備《じゅんび》をしていると受《う》けとってもよいのか。そうでないなら、大坂《おおさか》へ来《き》て説明《せつめい》するよう」と、景勝《かげかつ》に命《めい》じたが、景勝《かげかつ》はこれにしたがわず、大《おお》坂《さか》へは来《こ》なかった。

家康《いえやす》は、この態度《たいど》を「豊臣家《とよとみけ》への反逆《はんぎゃく》である」とみなして、

〝この期《ご》におよんで豊臣家《とよとみけ》に反逆《はんぎゃく》しようとする上杉《うえすぎ》を討《う》つ。心《こころ》ある大名《だいみょう》はしたがうように〟

との号令《ごうれい》を出《だ》した。昌幸《まさゆき》と幸村《ゆきむら》は、この家康《いえやす》の呼《よ》びかけに応《おう》じて、出陣《しゅつじん》を決《き》め、*下野国宇都宮《しもつけのくにうつのみや》で、家康《いえやす》の軍《ぐん》に加《くわ》わった。

ところが、この上杉討伐《うえすぎとうばつ》のために家康《いえやす》が大坂《おおさか》を離《はな》れている間《あいだ》に、石田三成《いしだみつなり》が、おもに関西《かんさい》や中《ちゅう》

＊現在《げんざい》の栃木県《とちぎけん》。

国《ごく》、九州《きゅうしゅう》の大名《だいみょう》たちに働《はたら》きかけを行《おこな》って、

〃家康《いえやす》こそ、豊臣家《とよとみけ》と秀頼《ひでより》さまをないがしろにして、天下《てんか》を横取《よこど》りしようとする者《もの》だ〃

と決《き》めつけ、やはり出陣《しゅつじん》を呼《よ》びかけた。

これに共感《きょうかん》する者《もの》は多《おお》く、毛利輝元《もうりてるもと》や宇喜多秀家《うきたひでいえ》などの大老《たいろう》も、こちらについた。

家康対三成《いえやすたいみつなり》。

予期《よき》していた「天下《てんか》を二分《ぶん》するいくさ」が、現実《げんじつ》に起《お》きようとしていた。

「どちらがより、秀頼《ひでより》さまの将来《しょうらい》にとって、よくない存在《そんざい》か、ということだな」

幸村《ゆきむら》から見《み》ると、三成《みつなり》も家康《いえやす》も、けっきょく、ふたりとも、豊臣家《とよとみけ》の名《な》を利用《りよう》して、自分《じぶん》の権《けん》力《りょく》をのばしたいだけのようにしか見《み》えない。

「どちらもけっして、秀頼《ひでより》さまにとってよい存在《そんざい》とは言《い》えぬと思《おも》います。しかし、より危険《きけん》なのは、家康《いえやす》どのの方《ほう》ではないでしょうか」

三成《みつなり》も家康《いえやす》も、ほかの大名《だいみょう》たちが自分《じぶん》に味方《みかた》してくれるよう、表向《おもてむ》きにも、裏《うら》へまわって秘密《ひみつ》のうちにも、さまざまな動《うご》きを見《み》せている。

そのやり方《かた》を見《み》るかぎり、家康《いえやす》の方《ほう》が悪知恵《わるぢえ》がよくはたらく。

自分《じぶん》でも気《き》づかぬうちに家康《いえやす》の思《おも》いどおりにされてしまい、気《き》づくと、あとへ引《ひ》けなくなってしまっている者《もの》が多《おお》いのだ。

「うむ。そなたの言《い》うとおりだとわしも思《おも》う。三成《みつなり》はいつでも討《う》てるが、家康《いえやす》は、早《はや》くつぶしてしまわないと、あとあと、きっと大変《たいへん》なことになるだろう。こたびはいったん三成方《みつなりがた》に加《くわ》わる方《ほう》が、道《みち》だと思《おも》うのだ。ただなぁ、そうすると」

父《ちち》の言《い》いたいことはわかっていた。

今《いま》や兄《あに》の信之《のぶゆき》は、家康《いえやす》の家来《けらい》として、たしかな地位《ちい》を築《きず》いている。

内心《ないしん》はどう思《おも》っているかわからないが、信之《のぶゆき》は何《なに》があろうと、家康方《いえやすがた》から離《はな》れることはできないだろう。

もし、今《いま》、父《ちち》と自分《じぶん》とが三成方《みつなりがた》について、家康《いえやす》を攻撃《こうげき》する側《がわ》にまわれば、兄《あに》とは敵対《てきたい》することになる。いくさの場《ば》で、兄《あに》の軍《ぐん》、もしかすると兄《あに》その人自身《ひとじしん》に、矢《や》を放《はな》ち刀《かたな》を向《む》けねばならぬ可《か》能性《のうせい》も、じゅうぶんにあるのだ。

幸村《ゆきむら》は、父《ちち》の決断《けつだん》を待《ま》った。

「やむをえぬ。これも、戦乱《せんらん》の世《よ》に、武士《ぶし》と生《う》まれた者《もの》のならい。幸村《ゆきむら》、わしはもう、覚悟《かくご》はできている。さっそく、わが軍《ぐん》はここから離《はな》れ、上田城《うえだじょう》へ引《ひ》きかえそう」

長《なが》い沈黙《ちんもく》ののち、昌幸《まさゆき》はこう言《い》った。幸村《ゆきむら》は、どんなときも父《ちち》にしたがうと決《き》めていた。

「うけたまわりました。号令《ごうれい》を出《だ》してまいりましょう」

義姉《あね》

下野国《しもつけのくに》から上田城《うえだじょう》に向《む》かう途中《とちゅう》、*上野国《こうずけのくに》を通《とお》り、そこには信之《のぶゆき》が本拠地《ほんきょち》とする沼田城《ぬまたじょう》があった。

家康《いえやす》の配下《はいか》にいて留守《るす》がちな信之《のぶゆき》にかわり、妻《つま》である小松《こまつ》が、気丈《きじょう》に城内《じょうない》を取《と》りしきっている。

「最後《さいご》になるかもしれぬ。孫《まご》の顔《かお》を見《み》たいというのは、未練《みれん》かな……」

昌幸《まさゆき》がつぶやいた。

信之《のぶゆき》には昨年《さくねん》、男子《だんし》が生《う》まれていたが、昌幸《まさゆき》とはまだ対面《たいめん》する機会《きかい》がないままであった。

いくさがはじまってしまえば敵味方《てきみかた》だ。つかの間《ま》、最後《さいご》の一族団《いちぞくだん》らんを、と望《のぞ》む父《ちち》の気持《きも》ちは、幸村《ゆきむら》にもよくわかる。

「義姉上《あねうえ》さまに、面会《めんかい》を申《もう》しいれてみましょう」

幸村《ゆきむら》は、先発隊《せんぱつたい》を立《た》てて、沼田城《ぬまたじょう》の様子《ようす》を見《み》にいかせた。

「申《もう》しあげます。沼田城《ぬまたじょう》の手前《てまえ》に、砦《とりで》が築《きず》かれていて、通《とお》れません」

先発隊《せんぱつたい》の者《もの》からの報告《ほうこく》に、昌幸《まさゆき》は怒《おこ》った。

「どういうことだ。見《み》まちがいではないのか」

＊現在《げんざい》の群馬県《ぐんまけん》。

「いえ、まちがいありません。六文銭《ろくもんせん》の旗《はた》がたなびいておりまして。奥方《おくがた》さまから、『義父上《ちちうえ》も義弟《おとうと》どのも、お通《とお》しできませぬ。即刻《そっこく》ここをお立《た》ち去《さ》りください』とのご伝言《でんごん》がございました」

「なんだと。気《き》の強《つよ》い嫁《よめ》だ。力《ちから》ずくでも通《とお》るぞ」

「父上《ちちうえ》、お待《ま》ちください。義姉上《あねうえ》さまはなにしろ、徳川四天王《とくがわしてんのう》とよばれる本多忠勝《ほんだただかつ》さまの娘《むすめ》。ここで戦《たたか》うのは、たがいのためになりません。私《わたし》がどうにかしてみましょう」

幸村《ゆきむら》はそう言《い》って父《ちち》の怒《いか》りをなだめると、海野六郎《うんのろくろう》を呼《よ》んだ。

「海野《うんの》よ。義姉上《あねうえ》さまは情《じょう》の深《ふか》い、強《つよ》い女人《にょにん》だ。ああいうお方《かた》の弱点《じゃくてん》は、なんだと思《おも》う」

「そうでございますね……」

海野《うんの》は目《め》の奥《おく》をきらりと光《ひか》らせて、言《い》った。

「小松《こまつ》さまの心《こころ》の支《ささ》えは、ご夫君《ふくん》、信之《のぶゆき》さまとの絆《きずな》の強《つよ》さでしょう。もし、それを揺《ゆ》るがすようなことがあれば」

「さようか。なるほど……。では、海野《うんの》、そなたにまかせよう。使者《ししゃ》として沼田城《ぬまたじょう》へ行《い》ってくれるか」

「かしこまりました」

海野《うんの》が使者《ししゃ》として行《い》くと、はじめはただ「帰《かえ》れ」とけんもほろろの冷《つめ》たいあつかいだったが、何度《なんど》もねばり強《づよ》く交渉《こうしょう》し、どうにか、小松《こまつ》に対面《たいめん》することができた。

「奥方《おくがた》さま。たしかにいくさがはじまれば敵味方《てきみかた》になります。だからこそ、今《いま》このつかの間《ま》、一族団《いちぞくだん》らんのひとときを」

「さようなことをして、たがいに情《じょう》に流《なが》され、士気《しき》が乱《みだ》れたらなんとする。お使者《ししゃ》ご苦労《くろう》だが、このままお帰《かえ》りなされ」

「そこまで気強《きづよ》くおおせになるなら、しかたありませんな」

海野《うんの》はそう言《い》って、帰《かえ》る姿勢《しせい》を見《み》せて、あとは独《ひと》り言《ごと》のようにつぶやいた。

「まこと、〝七人《にん》の子《こ》をなすとも、女《おんな》に心《こころ》をゆるすな〟とはまさにこのことだ。信之《のぶゆき》さまのお心《こころ》が察《さっ》せられないとは情《なさ》けない」

「待《ま》て。そなた今《いま》、なんと申《もう》した」

「いえ、何《なに》も申《もう》しませぬ」

小松《こまつ》は長刀《なぎなた》を手《て》にすると、海野《うんの》の目《め》の前《まえ》につきだした。

「嘘《うそ》を申《もう》すな！」

海野《うんの》は、心中《しんちゅう》では「やはり」と思《おも》っていたが、それはまったく表情《ひょうじょう》に出《だ》さず、「では、申《もう》しあげます」と言《い》った。

「〝七人《にん》の子《こ》をなすとも、女《おんな》に心《こころ》をゆるすな〟と申《もう》しあげたのです」

「どういう意味《いみ》か。わかるように申《もう》しのべよ」

「はい。じつは、信之《のぶゆき》さまと、父君昌幸《ちちぎみまさゆき》さまとの間《あいだ》には、『どちらが勝《か》つにせよ、いくさの終《お》わった後《あと》はたがいを助《たす》けよう』との密約《みつやく》がございます。なのに奥方《おくがた》さまがこのような対応《たいおう》をなさるということは、やはり信之《のぶゆき》さまは、奥方《おくがた》さまにすべてを打《う》ちあけてはいらっしゃらないのだな、と思《おも》いまして」

もちろん、昌幸《まさゆき》と信之《のぶゆき》は、こんな約束《やくそく》はしていない。

死《し》を覚悟《かくご》してのぞむいくさに、約束《やくそく》などはかないものでしかないことは、ふたりとも悲《かな》しいほどわかっているからだ。

ただ、ここはなんとしても昌幸《まさゆき》の願《ねが》いをかなえたいという、幸村《ゆきむら》の気持《きも》ちをくんで、海野《うんの》が考《かんが》えに考《かんが》えた、嘘《うそ》であった。

小松《こまつ》の顔色《かおいろ》がさっと変《か》わった。先《さき》ほどまで力強《ちからづよ》かったまなざしが、空《くう》を泳《およ》ぐように揺《ゆ》れた。

「わ、わかりました。義父上《ちちうえ》さまに、お出《で》ましくださるようお伝《つた》えください。ただし、私《わたし》も家中《かちゅう》の者《もの》に配慮《はいりょ》せねばならぬ立場《たちば》。城《しろ》の開門《かいもん》はできませぬ。この沼田城《ぬまたじょう》の脇筋《わきすじ》に、寺《てら》がございますから、そちらで内密《ないみつ》にお待《ま》ちくださるようにと」

海野《うんの》はさっそく、昌幸《まさゆき》と幸村《ゆきむら》にこのことを伝《つた》えた。

言《い》われたとおり、寺《てら》で待《ま》っていると、頭《あたま》からすっぽりと衣《ころも》をかぶった小松《こまつ》が、侍女《じじょ》をひとりだけ連《つ》れ、乳飲《ちの》み子《ご》を抱《だ》いてあらわれた。

「おお。これが、わが孫《まご》か……」

赤子《あかご》を抱《だ》いた昌幸《まさゆき》の目尻《めじり》からひとすじ、流《なが》れるものを見《み》て、幸村《ゆきむら》は思《おも》わず、自身《じしん》も目《め》の奥《おく》があつくなった。

「すまなかった。この戦乱《せんらん》の世《よ》に、無理《むり》を申《もう》した。これで、思《おも》い残《のこ》すことはない」

昌幸《まさゆき》は孫《まご》を小松《こまつ》の手《て》に返《かえ》すと、あふれる思《おも》いをふりきるように、立《た》ちあがった。

「母子《ぼし》とも、健《すこ》やかにな」

別《わか》れぎわ、幸村《ゆきむら》は、小松《こまつ》に小声《こごえ》でささやいた。

「義姉上《あねうえ》。たばかって申《もう》し訳《わけ》ありませんでした。兄《あに》と父《ちち》との間《あいだ》に、密約《みつやく》などございませぬ。兄《あに》はきっと、義姉上《あねうえ》をいちばん信頼《しんらい》しておいでです。すべては父《ちち》のためについた嘘《うそ》。どうか、お許《ゆる》しを」

小松《こまつ》は「まぁ……」と言《い》っただけで、あとはただ、だまって見送《みおく》ってくれた。

十勇士《じゅうゆうし》そろう（第《だい》二次上田合戦《じうえだかっせん》）

上田城《うえだじょう》へもどると、なつかしい顔《かお》が待《ま》っていた。

「若《わか》さま！」

「おお。佐助《さすけ》ではないか！」

顔《かお》を合《あ》わせるのは何年《なんねん》ぶりだろう。

おたがい、もう少年《しょうねん》ではなく、いくらか貫禄《かんろく》もついた、立派《りっぱ》な男《おとこ》の風貌《ふうぼう》に変《か》わっている。

しかし、気持《きも》ちがいつもつうじていると思《おも》ってきたせいか、たがいの外見《がいけん》の変化《へんか》など関係《かんけい》なく、すぐに昔《むかし》の主従《しゅじゅう》にもどっていた。

「紹介《しょうかい》します。こちらが、由利鎌之助《ゆりかまのすけ》です」

——たのもしそうな男《おとこ》だなぁ。

日《ひ》に焼《や》け、鋭《するど》い目《め》をした鎌之助《かまのすけ》は、長《なが》い脚《あし》も腕《うで》もそして肩《かた》も、きたえられた筋肉《きんにく》ではちきれんばかり、さすが、あの後藤基次《ごとうもとつぐ》と槍《やり》で互角《ごかく》に戦《たたか》っただけのことはある。

「ゆ、幸村《ゆきむら》さま。ご、ご尊顔《そんがん》を拝《はい》し、きょ、きょ恐悦至極《きょうえつしごく》に……」

はじめて幸村《ゆきむら》に会《あ》うというので、体中《からだじゅう》に緊張感《きんちょうかん》をみなぎらせた鎌之助《かまのすけ》は、きちんとあいさつしようとして、口《くち》がうまくまわらなくなってしまったらしい。

「かた苦《くる》しいあいさつはいいぞ。よろしくたのむ。で、こちらの美《うつく》しい女人《にょにん》はどなただ？」

「若《わか》さま。これは女《おんな》ではありません。書状《しょじょう》でもお知《し》らせした、霧隠才蔵《きりがくれさいぞう》です」

「おお、なんと。これはうかつだった。ゆるせよ」

「いいえ。幸村《ゆきむら》さま。お目《め》にかかれて光栄《こうえい》です。こたびは、ご家中《かちゅう》に加《くわ》えていただき、かようにうれしきことはありません」

「うむ。さっそく、みなに引《ひ》きあわせよう。佐助《さすけ》が旅《たび》に出《で》たあとに、家来《けらい》になってくれた者《もの》もあるから」

幸村《ゆきむら》のまわりに、たよりになる側近《そっきん》たちが集《あつ》まった。

海野六郎《うんのろくろう》、猿飛佐助《さるとびさすけ》、穴山小助《あなやまこすけ》、三好清海入道《みよしせいかいにゅうどう》、三好伊三入道《みよしいさにゅうどう》、筧十蔵《かけいじゅうぞう》、望月六郎《もちづきろくろう》、根津甚八《ねづじんぱち》、由利鎌之助《ゆりかまのすけ》、霧隠才蔵《きりがくれさいぞう》。

十人十色《じゅうにんといろ》、それぞれに力《ちから》のある、勇士《ゆうし》ばかりである。

「この顔《かお》ぶれがそろえば、どれほど徳川方《とくがわがた》が大軍《たいぐん》でも、一矢報《いっしむく》いることができよう。たのんだぞ」

幸村《ゆきむら》と十勇士《じゅうゆうし》、全員《ぜんいん》の気持《きも》ちがひとつになったとき、伝令《でんれい》の者《もの》があわただしく飛《と》びこんできた。

「申《もう》しあげます。徳川秀忠《とくがわひでただ》が、四万近《まんちか》くの兵《へい》をひきいて、中山道《なかせんどう》を進《すす》んでいます」

向《む》こうは四万《まん》。こちらは、どう多《おお》く数《かぞ》えても、三千《ぜん》がやっとである。

しかし、いくさは、数《かず》で戦《たたか》うものではない。

「よし。その軍《ぐん》、ここできりきり舞《ま》いさせてやる。みな、さっそくだがこれから作戦《さくせん》を立《た》てる。率直《そっちょく》に意見《いけん》をのべてくれ」

三成《みつなり》の本拠地《ほんきょち》は近江《おうみ》である。また、三成方《みつなりがた》に加《くわ》わっている大名《だいみょう》の多《おお》くは、京《きょう》・大坂《おおさか》よりも西《にし》に本拠地《ほんきょち》を持《も》っている。

家康《いえやす》に味方《みかた》する大名《だいみょう》の軍《ぐん》のほとんどは、関東《かんとう》にいる。

それぞれが進軍《しんぐん》すれば、*美濃国《みののくに》、あるいは尾張国《おわりのくに》のあたりで、全軍衝突《ぜんぐんしょうとつ》の大《おお》いくさになるだろう。

幸村《ゆきむら》は、父《ちち》、昌幸《まさゆき》にたしかめた。

「父上《ちちうえ》。われらのこたびの目的《もくてき》は、秀忠軍《ひでただぐん》をできるだけ足《あし》どめして、全軍衝突《ぜんぐんしょうとつ》の際《さい》の、徳川方《とくがわがた》の力《ちから》をすこしでも削《そ》ぐこと、そう考《かんが》えてよろしいでしょうか」

「うむ。そのとおりだ」

秀忠《ひでただ》は家康《いえやす》の跡《あと》つぎで、こたびのいくさが初陣《ういじん》である。

「家康《いえやす》としては、秀忠《ひでただ》の初陣《ういじん》をできるだけ華々《はなばな》しいものにし、徳川《とくがわ》の優秀《ゆうしゅう》な跡《あと》つぎとして、広《ひろ》く世《よ》に披露《ひろう》したい気持《きも》ちもあろう。それが、大《おお》いくさに遅参《ちさん》したとなれば、向《む》こうの士気《しき》はおおい

＊現在《げんざい》の岐阜県南部《ぎふけんなんぶ》。

に下《さ》がる。こういった寄《よ》せ集《あつ》め同士《どうし》の大《おお》きな戦《たたか》いでは、士気《しき》を保《たも》つことは、何《なに》より重要《じゅうよう》なことだからな」

「わかりました。では、それを第一《だい》に」

父《ちち》と子《こ》は、こたびのいくさの目的《もくてき》をたしかめあい、中山道《なかせんどう》にぬける道《みち》のすべてに急《いそ》いで砦《とりで》を築《きず》き、兵《へい》を置《お》いて、秀忠軍《ひでただぐん》が通《とお》れないようにした。

兵《へい》の配置《はいち》がなんとか間《ま》にあった頃《ころ》、思《おも》いがけない知《し》らせがもたらされた。

「信之《のぶゆき》さまと、本多忠政《ほんだただまさ》さまが、書状《しょじょう》を持《も》って門《もん》の前《まえ》においでです」

忠政《ただまさ》は、小松《こまつ》の弟《おとうと》である。

「ふむ。まずは書状《しょじょう》だけ受《う》けとろうか」

書《か》いてあったのは、おおよそ「黙《だま》って通《とお》してくれれば、今後悪《こんごわる》いようにしない」という意味《いみ》の文面《ぶんめん》であった。

「よく考《かんが》えて、明日《あした》の正午《しょうご》に返事《へんじ》をする、と伝《つた》えてくれ」

幸村《ゆきむら》は父《ちち》がそう言《い》ったのを聞《き》いて、にやりと笑《わら》った。

「父上《ちちうえ》。それでもうすでに、一日足《にちあし》どめできますな」

「さようじゃ」

つぎの日《ひ》、昌幸《まさゆき》は、「家中《かちゅう》で意見《いけん》が割《わ》れてまとまらぬ。明日《あした》の夜明《よあ》けまで待《ま》ってくれ」と伝《つた》えた。もちろん、これも、計略《けいりゃく》のうちである。

いよいよ、約束《やくそく》の夜明《よあ》けになった。昌幸《まさゆき》が書状《しょじょう》にしたためた返事《へんじ》はこうだった。

「返事《へんじ》を待《ま》ってもらったおかげで、籠城《ろうじょう》して戦《たたか》う準備《じゅんび》がしっかり整《ととの》った。いざ、いさぎよく一戦《いっせん》いたそう」

──秀忠《ひでただ》め。怒《おこ》るだろうな。

兄《あに》と忠政《ただまさ》には悪《わる》いが、ここは、いくさ経験《けいけん》の少《すく》ない秀忠《ひでただ》の心《こころ》を揺《ゆ》さぶるのが、何《なに》よりだ。

案《あん》の定《じょう》、怒《おこ》った秀忠《ひでただ》は、軍《ぐん》を進《すす》めてきた。

「それ！」

幸村《ゆきむら》は、穴山小助《あなやまこすけ》、望月六郎《もちづきろくろう》、根津甚八《ねづじんぱち》、筧十蔵《かけいじゅうぞう》の四名《めい》に命《めい》じ、砦《とりで》の上《うえ》から敵《てき》の先頭《せんとう》をめがけて、大筒《おおづつ》（大砲《たいほう》）を打《う》ちこませた。

どぉん！　どぉん！

雷《かみなり》のような音《おと》が鳴《な》りひびき、飛《と》びちった弾《たま》が敵兵《てきへい》たちの手足《てあし》を吹《ふ》きとばす。一面《いちめん》の黒煙《こくえん》で、目《め》と鼻《はな》をやられた者《もの》は数知《かずし》れない。

この大筒《おおづつ》は、昌幸《まさゆき》の父《ちち》、亡《な》き幸隆《ゆきたか》が作《つく》り方《かた》を工夫《くふう》したもので、ほかの大名《だいみょう》にはない技術《ぎじゅつ》であった。

おどろき逃《に》げまどう敵兵《てきへい》たちの中《なか》へ、筧十蔵《かけいじゅうぞう》の号令《ごうれい》で、四人《にん》がいっせいに火縄銃《ひなわじゅう》を撃《う》ちこんだ。

「いかん。引《ひ》けい！」

敵《てき》はあっという間《ま》にちりぢりになった。

ただ、この大筒《おおづつ》には欠点《けってん》があった。一度《ど》きりしか撃《う》てないのだ。

幸村《ゆきむら》は、大筒《おおづつ》に似《に》せた形《かたち》の材木《ざいもく》を、砲台《ほうだい》にすえた。一度《ど》やられていれば、きっと向《む》こうが勝手《かって》に警戒《けいかい》する。時間《じかん》かせぎにはなるはずだ。

——しかし、兄上《あにうえ》には見《み》やぶられるだろうな。

信之《のぶゆき》は、この大筒《おおづつ》のことを知《し》っている。

幸村《ゆきむら》が予想《よそう》したとおり、信之《のぶゆき》はつぎの進軍《しんぐん》の際《さい》、あえて自《みずか》ら先頭《せんとう》をかってでてきて、大筒《おおづつ》には目《め》もくれず、兵《へい》を進《すす》めてきた。

矢玉《やだま》がしきりに飛《と》びかう。砦《とりで》がくずれ、やがて刀《かたな》をぬいての戦《たたか》いになった。

敵兵《てきへい》に向《む》かい、入道兄弟《にゅうどうきょうだい》が鉄《てつ》の棒《ぼう》をふりまわして暴《あば》れ、鎌之助《かまのすけ》の大槍《おおやり》が突《つ》きだされる。

「ちぇっ、それにしても数《かず》が多《おお》すぎるぞ」

「兄者《あにじゃ》、いいんだ。そうムキになって全員《ぜんいん》たおさなくても。ちょっとずつ、後退《こうたい》するんだ」

「ああ。そうだったな」

人数《にんずう》の少《すく》ない真田方《さなだがた》はじりじりと攻《せ》めいられ、やがてその日《ひ》は暮《く》れて、両軍《りょうぐん》とも兵《へい》をひいた。

「父上《ちちうえ》。思《おも》ったとおりです。秀忠《ひでただ》の軍《ぐん》に加《くわ》わっている者《もの》は、若《わか》い者《もの》ばかり。昔《むかし》、家康《いえやす》の指揮下《しきか》でこの上田城《うえだじょう》に来《き》たことのある者《もの》は、ほとんどいないと見《み》てよいでしょう」

「そうか。では、予定《よてい》どおりだ」

翌日《よくじつ》になると、秀忠軍《ひでただぐん》は大勢《おおぜい》で上田城《うえだじょう》の外壁《がいへき》をのぼってきた。

以前《いぜん》に真田《さなだ》と戦《たたか》ったことのある者《もの》ならば、昌幸《まさゆき》や幸村《ゆきむら》がここでかならず何《なに》かしてくると用心《ようじん》できたのだろうが、幸村《ゆきむら》の観察《かんさつ》どおり、そういう者《もの》はいなかったらしい。

「よし。アリん子《こ》たちめ。目《め》にもの見《み》せてやる」

敵兵《てきへい》が外壁《がいへき》の下半分《したはんぶん》くらいまで来《き》たところで、幸村《ゆきむら》は、佐助《さすけ》と才蔵《さいぞう》に命《めい》じて、頭上《ずじょう》からたくさんの竹《たけ》の皮《かわ》をばらまかせた。

「なんだ？　こんなもの、痛《いた》くもかゆくもないぞ」

ばらばらと降《ふ》ってくる竹《たけ》の皮《かわ》をはらいのけながら、敵兵《てきへい》たちがさらに上《うえ》へとのぼってくる。

「今《いま》だ！」

幸村《ゆきむら》の号令《ごうれい》で、今度《こんど》は白《しろ》くにごったどろりとした液体《えきたい》が、敵兵《てきへい》たちののぼる外壁《がいへき》に流《なが》された。

「うわぁ！　あつい、あつい」

「助《たす》けてくれ、助《たす》けてくれ。体《からだ》が焼《や》ける」

煮《に》えたぎった白《しろ》がゆである。なかなか冷《さ》めないうえ、よろいやかぶとの間《あいだ》からどんどん流《なが》れこみ、ねっとりと肌《はだ》にからみついてくる。

転《ころ》げ落《お》ちた兵《へい》たちは、今度《こんど》は落《お》ちていた竹《たけ》の皮《かわ》に足《あし》をとられ、うまく立《た》ちあがれない。そこへまた、かゆが流《なが》されてくるので、みなたちまち、戦《たたか》う気《き》を無《な》くして逃《に》げていった。

以前《いぜん》の戦《たたか》いでは松明《たいまつ》や排泄物《はいせつぶつ》を使《つか》った。今回《こんかい》、かゆにしたのは、兄《あに》、信之《のぶゆき》への精一杯《せいいっぱい》の配慮《はいりょ》だった。

「幸村《ゆきむら》さま。秀忠《ひでただ》は、信之《のぶゆき》さまを軍《ぐん》の後《うし》ろへまわしたようです」

敵陣《てきじん》をさぐりに行《い》った才蔵《さいぞう》の報告《ほうこく》だった。

やはり、敵方《てきがた》と血《ち》がつながっているということで、まわりから疑《うたが》いの目《め》を向《む》けられたのだろう。

全軍《ぜんぐん》の士気《しき》を考《かんが》えれば、秀忠《ひでただ》のやり方《かた》は妥当《だとう》なところだ。

「若《わか》さま。準備《じゅんび》ができました」

佐助《さすけ》が、望月六郎《もちづきろくろう》とともにもどってきた。ふたりは、極秘《ごくひ》の作戦《さくせん》のために、こっそりと城外《じょうがい》へ出《で》ていたのだ。

「よし。手《て》はずどおり、稲刈《いねか》りの陣《じん》だ。たのむぞ」

佐助《さすけ》と六郎《ろくろう》は、今度《こんど》は堂々《どうどう》と、それぞれに兵《へい》をしたがえて、城壁《じょうへき》の外《そと》にある田《た》んぼへ出《で》た。手《て》にしているのは弓矢《ゆみや》や刀《かたな》ではなく、鎌《かま》だ。

ふたりの指揮《しき》で、兵《へい》たちは田《た》んぼに実《みの》っている稲《いね》を刈《か》りはじめた。稲《いね》はよく実《みの》っていて、穂《ほ》が重《おも》そうに頭《こうべ》を垂《た》れている。

この様子《ようす》を見《み》ていたのだろう、敵兵《てきへい》がいっせいにおそいかかってきた。

「逃《に》げよ！」

佐助《さすけ》と六郎《ろくろう》は、すばやく兵《へい》を引《ひ》きあげた。

「なんだ。ずいぶんあっけなく逃《に》げたな。せっかくの稲《いね》、置《お》いたままだ」

「しかし、あんなふうに稲刈《いねか》りをするようでは、きっと城内《じょうない》は兵糧《ひょうろう》が尽《つ》きてこまっているにちがいない」

「この稲《いね》、よく実《みの》っているぞ。もったいないから、われらで持《も》って帰《かえ》ろう」

敵兵《てきへい》たちが口々《くちぐち》に話《はな》しあいながら稲束《いなたば》を持《も》って帰《かえ》るのを、佐助《さすけ》はしてやったりと思《おも》いながら見《み》とどけた。

その夜《よる》、兵《へい》たちが陣《じん》に持《も》ち帰《かえ》った稲束《いなたば》が、つぎつぎに発火《はっか》し、あっというまにそこら中《じゅう》を火《ひ》の海《うみ》にした。

じつは、稲《いね》にはすべて火薬《かやく》がしこまれていた。佐助《さすけ》と才蔵《さいぞう》が、陣《じん》に忍《しの》びこんで火《ひ》をつけたのだ。

「火事《かじ》だぁ、火事《かじ》だぁ」

「真田《さなだ》が来《き》たぞ、焼《や》き討《う》ちだ、焼《や》き討《う》ちだ」

まっ暗《くら》な中《なか》の火事《かじ》は、敵兵《てきへい》たちの恐怖心《きょうふしん》をいっそうあおった。

そこへ、幸村《ゆきむら》が穴山小助《あなやまこすけ》とともに、三百人《びゃくにん》ずつの兵《へい》を率《ひき》いて乗《の》りこみ、ふたりともが「真田幸村《さなだゆきむら》である」と名《な》のって暴《あば》れたので、敵兵《てきへい》たちはみなつぎつぎに逃《に》げだしていった。

明《あ》け方《がた》になり、さぐりに出《で》ていた佐助《さすけ》と才蔵《さいぞう》がもどってきた。

「若《わか》さま。秀忠軍《ひでただぐん》は、真田《さなだ》の領地《りょうち》をよけながら、西《にし》へ向《む》かったようです」

「あのぶんでは、尾張《おわり》や美濃《みの》に着《つ》くまでには、かなりの時間《じかん》がかかるでしょう」

幸村《ゆきむら》は、十人《にん》を集《あつ》めて、今回《こんかい》の働《はたら》きをねぎらった。

――あとは、三成軍《みつなりぐん》の戦《たたか》い方《かた》しだいだが……。

昌幸《まさゆき》と幸村《ゆきむら》は、祈《いの》るように、結果《けっか》を待《ま》った。

しかし、もたらされたのは、美濃《みの》の関ヶ原《せきがはら》で、三成軍《みつなりぐん》が大敗《たいはい》した、という知《し》らせだった。

秀忠軍《ひでただぐん》はこの決戦《けっせん》には間《ま》にあわなかったのだが、それもたいした打撃《だげき》ではないほど、家康軍《いえやすぐん》

（東軍《とうぐん》）の方《ほう》の力《ちから》が、三成軍《みつなりぐん》（西軍《せいぐん》）を圧倒《あっとう》したらしい。

幸村《ゆきむら》の妻《つま》・りよの父《ちち》、大谷吉継《おおたによしつぐ》も、討《う》ち死《じ》にしたと伝《つた》えられた。味方《みかた》だと思《おも》っていた、小早川《こばやかわ》秀秋《ひであき》の、突然《とつぜん》のうらぎりによるものであったという。

「われらは死《し》を、命《めい》じられるであろうな。家康《いえやす》に」

「そう、でしょうね」

父子《おやこ》は覚悟《かくご》を決《き》めて運命《うんめい》を受《う》けいれようとしていた。いまさら逃《に》げるのは、武士《ぶし》の誇《ほこ》りがゆるさない。

「父上《ちちうえ》。幸村《ゆきむら》。家康《いえやす》さまからの処分《しょぶん》を伝《つた》えます」

使者《ししゃ》としてやってきたのは、兄《あに》の信之《のぶゆき》だった。

「信濃《しなの》を離《はな》れ、*1紀州高野山《きしゅうこうやさん》で、*2蟄居《ちっきょ》するように」

——蟄居《ちっきょ》。

斬首《ざんしゅ》か、よくても切腹《せっぷく》だろうとばかり思《おも》っていた父子《おやこ》は、たいそうおどろいた。

あとから聞《き》いたところでは、信之《のぶゆき》が、義父《ちち》の本多忠勝《ほんだただかつ》に頼《たの》みこみ、「こたびのいくさにおける自分《じぶん》への報償《ほうしょう》は何《なに》もいらないから、父《ちち》と弟《おとうと》の命《いのち》を助《たす》けてほしい」と何度《なんど》も何度《なんど》も、家康《いえやす》に願《ねが》い出《で》た末《すえ》の、処分《しょぶん》であったらしい。

*1 現在《げんざい》の和歌山県《わかやまけん》および、三重県南部《みえけんなんぶ》。
*2 当時《とうじ》の刑罰《けいばつ》の一つで、屋敷《やしき》にこもり、世《よ》の中《なか》との交流《こうりゅう》をやめて、謹慎《きんしん》してくらすこと。

——兄上《あにうえ》。すまない。

慶長《けいちょう》五（１６００）年《ねん》十二月《がつ》、昌幸《まさゆき》と幸村《ゆきむら》は、家族《かぞく》と、ごくかぎられた家来《けらい》だけを連《つ》れて、住《す》みなれた信濃《しなの》をあとにし、紀州《きしゅう》へと向《む》かった。

七、九《く》度《ど》山《やま》にて

十勇士《じゅうゆうし》の誓《ちか》い

慶長《けいちょう》五（１６００）年《ねん》も残《のこ》り少《すく》なくなった十二月《がつ》の末《すえ》、昌幸《まさゆき》と幸村《ゆきむら》の一行《いっこう》は、高野山《こうやさん》に数《かず》ある寺院《じいん》のひとつ、蓮華定院《れんげじょういん》にいた。

ここは信濃《しなの》と縁《えん》のある寺院《じいん》で、一行《いっこう》をあたたかくむかえてくれた。

しかし、同行《どうこう》してきた幸村《ゆきむら》の妻《つま》・りよと、その侍女《じじょ》たちの姿《すがた》はなかった。高野山《こうやさん》は、女人禁制《にょにんきんせい》だ。幸村《ゆきむら》はやむなく、りよたちをふもとの九度山《くどやま》に滞在《たいざい》させた。

——奥方《おくがた》さまとべつべつでは、おさびしいだろうな。

佐助《さすけ》は幸村《ゆきむら》の心中《しんちゅう》を察《さっ》した。

自分《じぶん》たち家来《けらい》のことを思《おも》って、そうしたことは表《おもて》に出《だ》さないようになさっているのだろうが、自分《じぶん》にはわかる。

年《とし》が明《あ》けてしばらくすると、「九度山《くどやま》でみなで暮《く》らしてもいいことになったぞ」と、幸村《ゆきむら》がうれしそうに告《つ》げた。

「なあ、佐助《さすけ》。われらはこのまま、昌幸《まさゆき》さまや幸村《ゆきむら》さまの世話《せわ》になったままでいいだろうか」

海野《うんの》が佐助《さすけ》に話《はな》しかけてきた。

「そうだなぁ……」

ふたりの会話《かいわ》を聞《き》きつけた、望月《もちづき》が近《ちか》づいてくる。

「ここでの暮《く》らしにかかる費用《ひよう》は、じつは信之《のぶゆき》さまが出《だ》してくださるのだと聞《き》いた。われらそれに甘《あま》えるわけにはいくまい」

「そうだな。奥方《おくがた》さまでさえ、紐《ひも》を織《お》る手《て》内職《ないしょく》をなさっているのだから」

昌幸《まさゆき》が刀《かたな》の束《つか》のすべりどめとして巻《ま》いていた木綿《もめん》の紐《ひも》をさらに工夫《くふう》して、物《もの》をしばったり、つるしたりするのに使《つか》える、丈夫《じょうぶ》で、かつ見《み》た目《め》にも美《うつく》しい紐《ひも》を作《つく》り、欲《ほ》しい人《ひと》に売《う》るようになっていた。

「うむ。みなで少《すこ》しでもご負担《ふたん》を軽《かる》くするよう、何《なに》か考《かんが》えてみよう」

佐助《さすけ》と海野《うんの》は、十人《にん》の勇士《ゆうし》を一堂《いちどう》に集《あつ》めて、話《はな》しあった。

「大殿《おおとの》さまも、若《わか》さまも、何《なに》もおおせにはならないが……。しかし、このままずっと、ここで息《いき》をひそめてお暮《く》らしになるつもりはないと思《おも》うのだが、どうだろう」

「そうだな。そう思《おも》うぞ。かならずや、秀頼《ひでより》さまのために、働《はたら》かれるだろう」

「だとすれば、われらも何《なに》か、備《そな》えを」

「いくさに備《そな》えるとすると、やはり軍用金《ぐんようきん》と、情報《じょうほう》だな」

十人《にん》は、一晩《ひとばん》かけて、じっくり話《はな》しあった。

書《か》きとめるのは、海野《うんの》の役目《やくめ》だ。

翌朝《よくあさ》、海野《うんの》は幸村《ゆきむら》にたのみ、十人《にん》の相談《そうだん》の結果《けっか》を読《よ》みあげて、聞《き》いてもらった。

それはおおよそ、つぎのような内容《ないよう》だった。

……われらはみな、いつ、どこで、なにがあろうと、どこにいようと、大殿《おおとの》さまと若《わか》さまのお気持《きも》ちに背《そむ》かぬよう、行動《こうどう》します。ついては、しばらくの間《あいだ》のそれぞれの暮《く》らしを、つぎのように決《き》めます。

海野六郎《うんのろくろう》は、九度山《くどやま》に待機《たいき》して、大殿《おおとの》さまと若《わか》さまの暮《く》らしをお支《ささ》えするとともに、家来《けらい》たちからの連絡《れんらく》をとりまとめます。

猿飛佐助《さるとびさすけ》は、九度山周辺《くどやましゅうへん》の警固《けいご》を担当《たんとう》しつつ、海野《うんの》を手伝《てつだ》います。

霧隠才蔵《きりがくれさいぞう》は、関西《かんさい》に土地勘《とちかん》があるので、大坂《おおさか》を中心《ちゅうしん》とした詳《くわ》しい地図《ちず》を作成《さくせい》し、いざというときの役《やく》に立《た》つよう、情報《じょうほう》を集《あつ》めます。

穴山小助《あなやまこすけ》は、知《し》りあいが医者《いしゃ》をしているので、そこへ行《い》って医術《いじゅつ》の知識《ちしき》を身《み》につけながら、働《はたら》いて軍用金《ぐんようきん》をためます。

由利鎌之助《ゆりかまのすけ》は、江戸《えど》へ行《い》き、槍術《そうじゅつ》の道場《どうじょう》を開《ひら》いて、軍用金《ぐんようきん》をためながら、江戸《えど》の情報《じょうほう》や、仲間《なかま》になってくれそうな者《もの》を集《あつ》めます。

三好清海入道《みよしせいかいにゅうどう》、伊三入道《いさにゅうどう》のふたりは、*高野聖《こうやひじり》となって、諸国《しょこく》をまわりながら、情報《じょうほう》を集《あつ》め、またこちらに味方《みかた》してくれそうな人《ひと》の多《おお》そうな土地《とち》をさがします。

筧十蔵《かけいじゅうぞう》、根津甚八《ねづじんぱち》、望月六郎《もちづきろくろう》の三人《にん》は、奥方《おくがた》さまが考案《こうあん》なさった織《お》り紐《ひも》を、たくさん生産《せいさん》できるように工夫《くふう》し、また売《う》り歩《ある》いて、その利益《りえき》が九度山《くどやま》の暮《く》らしの助《たす》けとなるよう、つとめます。

以上《いじょう》を、われら十人《にん》の約束《やくそく》とします……。

海野《うんの》が読《よ》みあげると、幸村《ゆきむら》は両《りょう》の目《め》から、大粒《おおつぶ》の涙《なみだ》をいくつもこぼした。

――若《わか》さま。

佐助《さすけ》も海野《うんの》も、長《なが》いこと幸村《ゆきむら》につかえているが、こんなふうに泣《な》くのを見《み》たことがなかった。

「みなの者《もの》、すまない。私《わたし》は、なんとよい家来《けらい》に恵《めぐ》まれたのだろう」

＊高野山出身《こうやさんしゅっしん》で、仏教《ぶっきょう》の教《おし》えを、各地《かくち》を旅《たび》しながら伝《つた》える僧侶《そうりょ》。

いつしか、十人《にん》の勇士《ゆうし》の目《め》にも、涙《なみだ》があふれていた。

父《ちち》と子《こ》

――家来《けらい》たちが、こんなに真田家《さなだけ》のために働《はたら》いてくれるのだ。

翌日《よくじつ》から幸村《ゆきむら》は、昌幸《まさゆき》が頭《あたま》にたくわえているいくさの知恵《ちえ》を、すべて聞《き》きとって書《か》きとめることをはじめた。

「父上《ちちうえ》。考《かんが》えられるかぎり、思《おも》いつくかぎり、あらゆる陣《じん》の形《かたち》、攻《せ》めの方法《ほうほう》、籠城《ろうじょう》の手段《しゅだん》を、ご披露《ひろう》ください」

昌幸《まさゆき》は、主君《しゅくん》であった武田信玄《たけだしんげん》と、父《ちち》、幸隆《ゆきたか》のふたりから、さまざまのいくさの知恵《ちえ》をさずけられていた。

幸村《ゆきむら》は、これまでにもずいぶん学《まな》んできたが、あらためて、それらをきちんとまとめようと考《かんが》えた。

さらに、祖父幸隆《そふゆきたか》の考案《こうあん》した大筒《おおづつ》のような武器《ぶき》を、なんとかここで作《つく》れないか、考《かんが》えた。

昌幸《まさゆき》と幸村《ゆきむら》との暮《く》らしは、つねに徳川方《とくがわがた》に見張《みは》られている。大筒《おおづつ》の材料《ざいりょう》になるような金属《きんぞく》を集《あつ》めたり、鋳造《ちゅうぞう》を行《おこな》ったりすることはできない。

――うたがわれることなくここで作《つく》れて、それに……。

できるだけ簡単《かんたん》に、持《も》ち運《はこ》べないとだめだな。

十勇士《じゅうゆうし》をはじめ、かならずしたがってくれると信《しん》じられる家来《けらい》は、たのもしいが、大勢《おおぜい》というわけではない。

武器《ぶき》は、小《ちい》さくて軽《かる》くて、かつ、力《ちから》のあるものがいい。

幸村《ゆきむら》は工夫《くふう》の末《すえ》、紙《かみ》を糊《のり》でかためて、筒状《つつじょう》にし、かなりの強度《きょうど》を持《も》たせることに成功《せいこう》した。

「紙《かみ》なんぞでできるか?」と言《い》っていた昌幸《まさゆき》も、「これなら、使《つか》い道《みち》があるぞ」と言《い》うまでになった。幸村《ゆきむら》はこれに張《は》り抜《ぬ》き筒《づつ》と名《な》づけて、暇《ひま》ができると作《つく》っていた。

そんなふうに、九度山《くどやま》での暮《く》らしが落《お》ちつきはじめた頃《ころ》、幸村《ゆきむら》にはめでたいことが起《お》きた。

りよが、男子《だんし》を産《う》んだのである。

「おお、これはめでたい。立派《りっぱ》な跡《あと》つぎだ」

男子《だんし》は、大助《だいすけ》と名《な》づけられた。

昌幸《まさゆき》と幸村《ゆきむら》は、大助《だいすけ》の成長《せいちょう》を楽《たの》しみにしながら、いくさにまつわる知恵《ちえ》を話《はな》しあい、工夫《くふう》をしながら、時《とき》を過《す》ごした。

慶長《けいちょう》十六（１６１１）年《ねん》六月《がつ》。

昌幸《まさゆき》が、病《やまい》で床《とこ》に伏《ふ》せってしまった。

幸村《ゆきむら》は、父《ちち》の快復《かいふく》を信《しん》じてうたがわなかったが、運命《うんめい》は残酷《ざんこく》だった。

太《ふと》くたくましかった父《ちち》の腕《うで》は日《ひ》ごとに細《ほそ》くなり、意識《いしき》が途切《とぎ》れていることも、多《おお》くなった。

「父上《ちちうえ》、しっかりしてくだされ」

「幸村《ゆきむら》。わしはもう、長《なが》くない。あとをたのむ。そなたには、わしのすべての知恵《ちえ》を伝《つた》えた」

「何《なに》をおおせになりますか。家康《いえやす》は、父上《ちちうえ》より四歳《さい》も年上《としうえ》なのに、まだまだ権力《けんりょく》をねらっておりますぞ。このままでは、秀頼《ひでより》さまが完全《かんぜん》に追《お》いやられてしまいます」

「うむ……。口惜《くちお》しいが、こればかりは、持《も》って生《う》まれた宿命《しゅくめい》であろう。どうか、家康《いえやす》の首《くび》を、わが墓前《ぼぜん》に供《そな》えて、秀吉《ひでよし》さまの恩《おん》に報《むく》いてくれ」

そう言《い》いのこすと、昌幸《まさゆき》は眠《ねむ》るように目《め》を閉《と》じた。

「父上《ちちうえ》！」

幸村《ゆきむら》の叫《さけ》びだけが、空《そら》にこだました。

真田昌幸《さなだまさゆき》、戦乱《せんらん》の世《よ》を生《い》きぬいた、六十五年《ねん》の生涯《しょうがい》であった。

父《ちち》の死後《しご》、幸村《ゆきむら》は、ただただ、だまって手作業《てさぎょう》にはげんだ。

今《いま》や「真田紐《さなだひも》」とよばれて、この近在《きんざい》の名物《めいぶつ》にさえなっている織《お》り紐《ひも》と、張《は》り抜《ぬ》き筒《づつ》。

手《て》を動《うご》かしていなければ、悔《くや》しさと情《なさ》けなさ、心細《こころぼそ》さで、叫《さけ》びだしてしまいそうだった。

その様子《ようす》は、幸村《ゆきむら》の心《こころ》のうちを知《し》らない人《ひと》から見《み》ると、魂《たましい》が抜《ぬ》けたように見《み》えていたらしい。

しかし、妻《つま》のりよと、海野《うんの》や佐助《さすけ》ら、勇士《ゆうし》の面々《めんめん》は、遠《とお》くから静《しず》かに、見守《みまも》りつづけていた。

八、大《おお》坂《さか》冬《ふゆ》の陣《じん》

大坂《おおさか》へ

慶長《けいちょう》十九（1614）年《ねん》八月《がつ》。

父《ちち》の死《し》から、三年《ねん》が過《す》ぎた。


「えーい！」

「大助《だいすけ》さま、まだまだ」

「やーっ！」

「隙《すき》だらけです。父上《ちちうえ》さまが大助《だいすけ》さまぐらいのときは、もっとすばやく身《み》をかわされましたぞ。さ、もう一度《ど》」


十四歳《さい》になった大助《だいすけ》が、海野《うんの》に武術《ぶじゅつ》の稽古《けいこ》をつけてもらっている。

——近頃《ちかごろ》、間者《かんじゃ》（スパイ）が多《おお》いな。

自分《じぶん》たちの暮《く》らしぶりが、和歌山城主《わかやまじょうしゅ》である浅野家《あさのけ》によって監視《かんし》されており、かなり細《こま》かいことまで家康《いえやす》に報告《ほうこく》されていることは、幸村《ゆきむら》は承知《しょうち》していた。

しかし、近頃《ちかごろ》、明《あき》らかに浅野《あさの》の家中《かちゅう》ではない者《もの》が、かなりの数《かず》、九度山《くどやま》へ来《き》ては、真田家《さなだけ》のまわりを調《しら》べている気配《けはい》があった。

――家康《いえやす》か。馬鹿《ばか》め。

向《む》こうはこっそりさぐりを入《い》れているつもりなのだろうが、こちらには佐助《さすけ》と才蔵《さいぞう》がいる。間者《かんじゃ》の動《うご》きはまる見《み》え、筒《つつ》ぬけである。

――いやいや、わざとかもしれぬ。

家康《いえやす》は腹《はら》の底《そこ》のわからぬ男《おとこ》だ。こちらに佐助《さすけ》や才蔵《さいぞう》など、忍術《にんじゅつ》の達人《たつじん》がいることを承知《しょうち》で、「つねに監視《かんし》しているぞ」ということを、あえて見《み》せているのかもしれない。

何《なに》を考《かんが》えているかわからない。用心《ようじん》するに越《こ》したことはないだろう。

関ケ原《せきがはら》の戦《たたか》いのあと、朝廷《ちょうてい》から正式《せいしき》に「征夷大将軍《せいいたいしょうぐん》」に任命《にんめい》された家康《いえやす》は、江戸《えど》に幕府《ばくふ》をつくり、日本中《にほんじゅう》を支配下《しはいか》に置《お》くようになった。

徳川家《とくがわけ》を中心《ちゅうしん》とした幕府《ばくふ》のしくみにおいて、もとは主君筋《しゅくんすじ》である豊臣家《とよとみけ》の存在《そんざい》は、じゃまなものでしかないのだろう。

家康《いえやす》は、なんとか、「今《いま》は豊臣家《とよとみけ》さえも、徳川家《とくがわけ》の家来《けらい》のひとつである」という形《かたち》を、世《よ》に広《ひろ》く認《みと》めさせようと、手《て》をかえ品《しな》をかえ、いろんな方法《ほうほう》で豊臣家《とよとみけ》の力《ちから》を小《ちい》さくしようとしていた。

関《せき》ヶ原《がはら》の戦《たたか》いのときに、徳川方《とくがわがた》に味方《みかた》しなかった家《いえ》は、いつどんな無理難題《むりなんだい》を家康《いえやす》から命《めい》じられるかと、みな戦々恐々《せんせんきょうきょう》としている。

蟄居《ちっきょ》させられた真田家《さなだけ》に対《たい》しても、「今《いま》でもまだまだ、ゆるしてはいないぞ」とにらみをきかせて、何《なに》か口実《こうじつ》があれば、幸村《ゆきむら》にでも、また成長《せいちょう》した大助《だいすけ》にでも、とんでもない命令《めいれい》をしてくるのかもしれない。

「菜《な》ぁは、いらんかえぇ」

青物売《あおものう》りの女《おんな》が、青菜《あおな》の入《はい》ったかごを頭《あたま》に乗《の》せて入《はい》ってきた。

「ご苦労《くろう》……何《なに》か、動《うご》きがあったか」

物売《ものう》り女《おんな》は、じつは変装《へんそう》した才蔵《さいぞう》である。

「はい。これは、おそらく一大事《いちだいじ》になると思《おも》われます。殿《との》もご存《ぞん》じかと思《おも》いますが、かねて秀頼《ひでより》さまは、方広寺《ほうこうじ》の大仏《だいぶつ》の再建《さいけん》を手《て》がけてこられましたが、そのことで」

方広寺《ほうこうじ》の大仏《だいぶつ》、というのは、秀吉《ひでよし》が生前《せいぜん》、京都《きょうと》で作《つく》らせたものだ。

残念《ざんねん》なことに、文禄五《ぶんろくご》（１５９６）年《ねん》の大地震《おおじしん》でこわれてしまってのち、再建《さいけん》されずにいたのだが、近年《きんねん》になって家康《いえやす》から秀頼《ひでより》に「親孝行《おやこうこう》のために大仏《だいぶつ》と大仏殿《だいぶつでん》の再建《さいけん》をなさるとよい」との指示《しじ》が出《で》た。

よい話《はなし》のように聞《き》こえることではあるが、じつは、この工事《こうじ》には莫大《ばくだい》な費用《ひよう》がかかる。秀頼《ひでより》の親孝行《おやこうこう》の気持《きも》ちにつけこみ、金《かね》を使《つか》わせて、豊臣家《とよとみけ》の財産《ざいさん》を削《けず》りとろうという家康《いえやす》のずるい計略《けいりゃく》だと、幸村《ゆきむら》は感《かん》じていた。

「再建《さいけん》の工事《こうじ》は終《お》わったと聞《き》いていたが、何《なに》かあったのか」

「はい。それがもう、お話《はな》しするだけでも腹《はら》の立《た》つようなことでございます」

才蔵《さいぞう》がさぐってきたところによると、事《こと》のはじまりは、大仏殿《だいぶつでん》に作《つく》られた、梵鐘《ぼんしょう》だという。

この鐘《かね》には、方広寺《ほうこうじ》の由来《ゆらい》や大仏《だいぶつ》や大仏殿《だいぶつでん》の作《つく》られたいきさつ、こめられた願《ねが》いなどをまとめた、銘《めい》とよばれる漢文《かんぶん》が彫《ほ》りこまれていた。

その中《なか》に、「国家安康　君臣豊楽」という箇所《かしょ》があった。

これは、「こっかあんこう、くんしんほうらく」と読《よ》み、「国《くに》がずっと平和《へいわ》で安心《あんしん》であるように、君主《くんしゅ》も家来《けらい》も、みな豊《ゆた》かで楽《たの》しく過《す》ごせるように」との祈《いの》りをこめた文章《ぶんしょう》だ。

ところが家康《いえやす》は、この文章《ぶんしょう》に、「徳川幕府《とくがわばくふ》へのむほんの心《こころ》があらわれている」として、豊臣家《とよとみけ》をとがめてきたのだ。

「国家安康《こっかあんこう》」は家康《いえやす》の名《な》をわざと割《わ》って、家康《いえやす》をのろうもので、また「君臣豊楽《くんしんほうらく》」は、豊臣《とよとみ》を逆《さか》さにして、「もう一度《ど》世《よ》がひっくりかえって、豊臣家《とよとみけ》の世《よ》になるように」と祈《いの》るものだというのだ。

「言《い》いがかりだな。こじつけもいいところだ」

幸村《ゆきむら》はそう言《い》って鼻《はな》で笑《わら》った。

これまで家康《いえやす》がしてきた策略《さくりゃく》の中《なか》では、かなりひどい出来《でき》といえるだろう。

しかし、引《ひ》きおこされた事態《じたい》は、大《おお》きかった。

「はい。たしかにひどいこじつけなのですが、それでも家康《いえやす》はあとにひかないのです。豊臣家《とよとみけ》から遣《つか》わされた説明《せつめい》のための使者《ししゃ》を追《お》いかえし、むほんでないというのなら、その証明《しょうめい》として、つ

ぎの三《みっ》つのうち、どれかひとつを実行《じっこう》せよというのです」

「豊臣家《とよとみけ》に条件《じょうけん》を出《だ》してきたというのだな。どんな条件《じょうけん》だ」

「はい、それが……」

才蔵《さいぞう》が言《い》いにくそうにした。よほどひどい条件《じょうけん》なのだろう。

「申《もう》してみよ」

「はい。一《ひと》つ、秀頼《ひでより》さまが江戸《えど》に住《す》む。二《ふた》つ、淀殿《よどどの》が江戸《えど》に住《す》む。三《みっ》つ、大坂城《おおさかじょう》を幕府《ばくふ》に明《あ》けわたす……」

「ばかな……」

秀頼《ひでより》が江戸《えど》に住《す》むということは、現在《げんざい》江戸《えど》で、家康《いえやす》にかわって将軍職《しょうぐんしょく》をついでいる秀忠《ひでただ》に対《たい》し、秀頼《ひでより》が「家来《けらい》としてふるまう」ことを意味《いみ》する。

また、淀殿《よどどの》が江戸《えど》へ住《す》むのは、あからさまに「人質《ひとじち》」としてのあつかいだ。城《しろ》の明《あ》けわたしについては、言《い》うまでもない。

「そうか。そうなると、近々《ちかじか》、ついに、いくさだな……」

家康《いえやす》から削《けず》られつづけてはいるが、それでもまだ豊臣家《とよとみけ》は摂津《せっつ》[＊1]、河内《かわち》[＊2]、和泉《いずみ》、合《あ》わせて六十五万石《まんごく》を支配《しはい》している上《うえ》、ほかにも秀吉《ひでよし》の残《のこ》した莫大《ばくだい》な財産《ざいさん》を所有《しょゆう》しているはずである。

＊1 現在《げんざい》の大阪府東部《おおさかふとうぶ》。＊2 現在《げんざい》の大阪府南西部《おおさかふなんせいぶ》。

秀頼《ひでより》も、また豊臣家《とよとみけ》につかえている人々《ひとびと》も、ここまで家康《いえやす》が無理難題《むりなんだい》を言《い》うなら、いっそ最後《さいご》の大《おお》きな賭《か》けに出《で》よう、と考《かんが》えることだろう。

——それこそ、家康《いえやす》の思《おも》うつぼ、なのかもしれないが。

しかし、何《なに》もせずにだらだらと服従《ふくじゅう》するか、一戦《いっせん》まじえるか、ふたつにひとつしか選《えら》べぬならば、やはり後者《こうしゃ》しかないだろう。

佐助《さすけ》が音《おと》もなくあらわれた。気配《けはい》を消《け》したまま入《はい》ってきたらしい。

「佐助《さすけ》か。どうした」

「はい。大坂城《おおさかじょう》からの使《つか》いの方《かた》が、まもなく変装《へんそう》してこちらへ来《き》ます。明石全登《あかしたけのり》さまのようです」

「そうか……」

明石全登《あかしたけのり》は、宇喜多秀家《うきたひでいえ》の家来《けらい》だった者《もの》である。

秀家《ひでいえ》は、関ヶ原《せきがはら》の戦《たたか》いのあと、家康《いえやす》によって八丈島《はちじょうじま》へ流罪《るざい》になったと聞《き》いている。

浪人《ろうにん》となった全登《たけのり》は、なんとかこれまで生《い》きのびてきて、さっそく豊臣家《とよとみけ》のために働《はたら》くつもりになったのだろう。

徳川方《とくがわがた》の間者《かんじゃ》に見《み》つからぬよう、全登《たけのり》と話《はな》しあうにはどうしたらいいか。幸村《ゆきむら》はすばやく考《かんが》えをめぐらせた。

「たのもう。*播州《ばんしゅう》よりまいった、旅《たび》の者《もの》でございます。道《みち》に迷《まよ》って難儀《なんぎ》をしております」

――来《き》たな。

佐助《さすけ》と才蔵《さいぞう》があっという間《ま》にその場《ば》から消《き》えた。

幸村《ゆきむら》は、海野《うんの》を呼《よ》び、膳《ぜん》の支度《したく》をさせた。

「旅《たび》のお方《かた》。どうぞ、粗末《そまつ》な膳《ぜん》ですが、お召《め》しあがりください」

幸村《ゆきむら》はなに食《く》わぬ顔《かお》で自《みずか》らその使者《ししゃ》をもてなすと、給仕《きゅうじ》をするついでに、耳打《みみう》ちした。

「播州《ばんしゅう》ではなく、大坂城《おおさかじょう》よりいらしたのであろう、明石《あかし》どの」

「なぜそれを……」

「昼間《ひるま》にここでこうしていると、誰《だれ》に見《み》とがめられるかわかりません。夜《よる》、裏口《うらぐち》からそっとお入《はい》りください。お待《ま》ちしておりますから」

夜《よる》になってもう一度《ど》やってきた全登《たけのり》は、秀頼《ひでより》からの書状《しょじょう》を差《さ》しだした。

そこには、ぜひ大坂城《おおさかじょう》へ来《き》て豊臣方《とよとみがた》として戦《たたか》ってほしいという依頼《いらい》の手紙《てがみ》と、勝利《しょうり》の際《さい》には十万石《まんごく》の大名《だいみょう》としてあつかうという約束《やくそく》を記《しる》した、お墨付《すみつ》きとよばれる文書《ぶんしょ》が入《はい》っていた。

「十万石《まんごく》などちょうだいせずとも、真田家《さなだけ》は亡《な》き秀吉《ひでよし》さまのご恩《おん》、忘《わす》れてはおりません。ご依頼《いらい》がなくとも、こちらから押《お》しかけてでも、豊臣方《とよとみがた》として戦《たたか》うつもりでおりましたと、そうお伝《つた》え

＊現在《げんざい》の兵庫県南西部《ひょうごけんなんせいぶ》。

ください」

「そうですか。さすが、木村重成《きむらしげなり》さまがご指名《しめい》なさった方《かた》だ」

秀頼《ひでより》に、「まず幸村《ゆきむら》に手紙《てがみ》を出《だ》すように」と進言《しんげん》したのは、木村重成《きむらしげなり》だという。

木村重成《きむらしげなり》は、秀頼《ひでより》の乳母《うば》の子《こ》で、子《こ》どもの頃《ころ》からずっと、秀頼《ひでより》につきしたがっている、側近中《そっきんちゅう》の側近《そっきん》である。幸村《ゆきむら》は名誉《めいよ》に思《おも》った。

「では、さっそく、そちらへまいる手段《しゅだん》を考《かんが》えましょう。つきましては……」

徳川方《とくがわがた》の監視《かんし》の目《め》を盗《ぬす》んで、この九度山《くどやま》から大坂城《おおさかじょう》へ行《い》くのは、まずそれだけでも容易《ようい》なことではない。

明《あ》け方近《がたちか》く、かえって行《い》く全登《たけのり》を見送《みおく》りながら、幸村《ゆきむら》の頭《あたま》の中《なか》はすでに、計略《けいりゃく》でいっぱいになっていた。

十勇士《じゅうゆうし》、ふたたび

翌日《よくじつ》の午後《ごご》、頭巾《ずきん》をかぶり、薬箱《くすりばこ》をせおった小柄《こがら》な医者《いしゃ》が、真田家《さなだけ》の屋敷《やしき》をおとずれた。

「具合《ぐあい》の悪《わる》い方《かた》があるそうで……」

その顔《かお》を見《み》て、幸村《ゆきむら》はおどろいた。

「小助《こすけ》ではないか！」

「今《いま》こそもどる時《とき》だと、伝令《でんれい》をつうじて、佐助《さすけ》が知《し》らせてくれましたので」

「なんとすばやい。しかし、そなたすっかり医者《いしゃ》らしい姿《すがた》だな」

「姿《すがた》だけでなく、技《わざ》も身《み》につけてまいりました。いくさで怪我《けが》をする者《もの》がいれば、役《やく》に立《た》ちましょう」

小助《こすけ》の医術修業《いじゅつしゅうぎょう》の話《はなし》などを聞《き》きながら過《す》ごすうち、夜《よる》になった。

……おんあぼきゃ　べいろしゃのう　まかぼだら　まにはんどま
　じんばら　はらばりたや　うん……

「諸国行脚《しょこくあんぎゃ》の僧《そう》でございます。一夜《いちや》の宿《やど》をお借《か》りしたい」

そう言《い》って戸口《とぐち》に立《た》ったのは、大《おお》きなふたつの影《かげ》。

「清海入道《せいかいにゅうどう》に伊三入道《いさにゅうどう》！」

「越前《えちぜん》におりました。いよいよですな」

それぞれに時《とき》をへて、顔《かお》にしわがよったり、髪《かみ》や髭《ひげ》に白髪《しらが》がまじったりしていたが、志《こころざし》は、まったく変《か》わるところがない。

翌日《よくじつ》から、幸村《ゆきむら》は九人《にん》の勇士《ゆうし》、それに長男大助《ちょうなんだいすけ》とともに、大坂城《おおさかじょう》まで行《い》く方法《ほうほう》を考《かんが》えた。

変装《へんそう》してこっそり数人《すうにん》ずつぬけだしていく方法《ほうほう》なども、いくつか検討《けんとう》された。しかし、幸村《ゆきむら》が最後《さいご》にたどりついた考《かんが》えは、もっとも正当《せいとう》だが、思《おも》いもよらぬ方法《ほうほう》だった。

「女《おんな》たちと、幼《おさな》い子《こ》どもだけは、先《さき》にこっそり逃《に》がす。しかし、私《わたし》と、そなたたち、それに、ほかにも集《あつ》まってくれている家来《けらい》、総勢《そうぜい》およそ百五十名《ひゃくめい》、全員《ぜんいん》が全員《ぜんいん》、服装《ふくそう》も武具《ぶぐ》もみなきちんと整《とと》えて、整列《せいれつ》して、白昼堂々《はくちゅうどうどう》、ゆっくり静《しず》かに、和歌山《わかやま》の城下《じょうか》を通過《つうか》する」

これを聞《き》いて、さすがに居《い》ならぶ者《もの》はみな絶句《ぜっく》した。

「殿《との》。いくらなんでもそれは……」

「父上《ちちうえ》、それは危険《きけん》すぎます。浅野家《あさのけ》から攻撃《こうげき》されたら、ひとたまりもありません」

「まあ、待《ま》て。私《わたし》もことさら無茶《むちゃ》を言《い》っているのではない。浅野家《あさのけ》の立場《たちば》や内情《ないじょう》をよく考《かんが》えての結論《けつろん》だ。みな、信《しん》じてついてきてくれ」

幸村《ゆきむら》が力強《ちからづよ》く言《い》うので、勇士《ゆうし》たちも大助《だいすけ》も、なんとなくそれでよいような気《き》になってきた。

「さて。そうと決《き》めたら、出陣《しゅつじん》の宴《うたげ》をやろう。みなで士気《しき》を盛《も》りあげて、堂々《どうどう》と大坂《おおさか》へ行《い》くのだ」

りよをはじめ、女《おんな》たちが心《こころ》をこめて作《つく》ってくれた料理《りょうり》を食《た》べ、この日《ひ》まで取《と》っておいた貴重《きちょう》な酒《さけ》をまわし飲《の》みしながら、それぞれが、これから戦《たたか》いにおもむく覚悟《かくご》をかためていた。

――おそらくもう、ここへもどってくることはない。

むだに死《し》ぬつもりはない。しかし、これから行《い》こうとしているのは、明日《あした》どころか、一寸先《いっすんさき》の命《いのち》も知《し》れぬいくさの場《ば》である。

どんどんどん、どんどんどん。

やたらに戸《と》をたたく音《おと》がする。誰《だれ》だ？　みなの顔《かお》が一瞬《いっしゅん》、こおりついた。

「たのもう、たのもう！」

やってきたのは、槍《やり》をかまえた手足《てあし》の長《なが》い大男《おおおとこ》である。みなの口《くち》から、喜《よろこ》びの声《こえ》があがった。

「鎌之助《かまのすけ》！」

「よく来《き》たなぁ。間《ま》にあわぬかと思《おも》ったよ」

「すまぬ、江戸《えど》を発《た》つのに、いささか手間《てま》どってしまって」

由利鎌之助《ゆりかまのすけ》の姿《すがた》が見《み》えぬことは、一同《いちどう》みなずっと気《き》にしていたのだが、「かならず来《く》る」と信《しん》じて、だれも口《くち》に出《だ》そうとしなかったのだ。

「殿《との》。おくれて申《もう》し訳《わけ》ございません」

「いやいや。ご苦労《くろう》だった」

鎌之助《かまのすけ》をむかえて十勇士《じゅうゆうし》がそろい、ふたたび宴《うたげ》がにぎやかになってきたのを見《み》て、幸村《ゆきむら》はそっと立《た》ちあがり、奥《おく》で荷物《にもつ》をまとめている妻《つま》や娘《むすめ》たちのもとへ行《い》った。

「気《き》をつけて行《い》け。敵《てき》の目《め》はおそらく、こちらに引《ひ》きつけられているだろうから、だいじょうぶだとは思《おも》うが」

りよは、この九度山《くどやま》で、大助《だいすけ》の下《した》に、さらに一男三女《なんじょ》をもうけてくれていた。その幼《おさな》い子《こ》らと、つかえてくれている家来《けらい》たちの妻子《さいし》らとともに、りよは一足先《ひとあしさき》に、ここを離《はな》れていくことになっている。

「なあ、りよ。生《い》きのび、ふたたび会《あ》うことができたなら……」

「なら、何《なに》がお望《のぞ》みですか」

りよはにっこりと笑《わら》って問《と》うた。

「また、私《わたし》といっしょに、信濃《しなの》へ行《い》ってくれるか」

「もちろんです。楽《たの》しみにしておりますわ」

幸村入城《ゆきむらにゅうじょう》

慶長《けいちょう》十九（１６１４）年《ねん》十月《がつ》九日《か》。

よろい、かぶとを身《み》につけ、大小二《だいしょうふた》ふりの刀《かたな》と、二間一尺《けんいっしゃく》（約《やく》四m《メートル》）の大槍《おおやり》を備《そな》えて、幸村《ゆきむら》は馬上《ばじょう》の人《ひと》となった。

となりには、やはりよろいをつけ、朱色《しゅいろ》のはちまきと緋色《ひいろ》の陣羽織《じんばおり》を着《き》た大助《だいすけ》が、父《ちち》に負《ま》けじと背筋《せすじ》をすっとのばして馬《うま》に乗《の》っている。

この二人《ふたり》をかこむように、十勇士《じゅうゆうし》のうち佐助《さすけ》と才蔵《さいぞう》をのぞく八人《にん》をはじめ、総勢《そうぜい》およそ百《ひゃく》五十名《めい》は、六文銭《ろくもんせん》の旗《はた》をなびかせながら、白昼堂々《はくちゅうどうどう》、ゆっくり静《しず》かに、和歌山《わかやま》の城下《じょうか》に、歩《あゆ》みを進《すす》めた。

町《まち》の人々《ひとびと》が、おどろいて行列《ぎょうれつ》を見《み》つめていた。

「おいおい、あれは、真田《さなだ》さまじゃないのか」

「六文銭《ろくもんせん》だよな。大坂《おおさか》へ行《い》かれるのか。それにしても、白昼堂々《はくちゅうどうどう》、どうなってるんだ？」

城下《じょうか》を無事通《ぶじとお》りすぎたところで、才蔵《さいぞう》がすっと列《れつ》に近《ちか》づいてきた。

「殿《との》のおおせのとおりでした。浅野家《あさのけ》では、『こんなに堂々《どうどう》と通《とお》るというのは、真田《さなだ》のことだ、かならずなにか計略《けいりゃく》を持《も》っているにちがいない。うかつに手《て》を出《だ》すな』と言《い》っております。ただ、何《なに》もしなかったとなると、あとから幕府《ばくふ》に何《なに》を言《い》われるかわからないので、とりあえず、うしろから一撃《いちげき》だけはしよう、と相談《そうだん》しているようです」

「よし。思《おも》ったとおりだ」

紀《き》の川《かわ》をわたったところに、佐助《さすけ》が待《ま》ちかまえていた。

「紙《かみ》のぼりの計略《けいりゃく》、すべて、手配《てはい》いたしました」

佐助《さすけ》のうしろに広《ひろ》がる丘《おか》に、紙《かみ》で作《つく》った旗《はた》を貼《は》りつけた竹《たけ》の棒《ぼう》が、何本《なんぼん》も立《た》ててある。

「そうか。では、鎌之助《かまのすけ》、望月《もちづき》、用意《ようい》はいいか」

「はい」

ふたりが、張《は》り抜《ぬ》き筒《づつ》をすえた。

佐助《さすけ》と才蔵《さいぞう》が、紙《かみ》のぼりの方《ほう》へ向《む》かって、「ふっ」と息《いき》を飛《と》ばした。

「わぁ！！」

ふたりの吐《は》いた息《いき》が、紙《かみ》のぼりからときの声《こえ》となってひびき、あたりにこだました。

まるで、兵《へい》が大勢《おおぜい》、叫《さけ》び声《ごえ》をあげているように聞《き》こえる。

追《お》ってきた浅野《あさの》の兵《へい》たちが、紙《かみ》のぼりをめがけて突進《とっしん》してきた。

誰《だれ》もいないのにとまどってきょろきょろしているところへ、張《は》り抜《ぬ》き筒《づつ》がどーん！　と打《う》ちこまれた。

「逃《に》げろ、逃《に》げろ……」

もともと、腰《こし》の引《ひ》けていた浅野《あさの》の兵《へい》たちは、一目散《いちもくさん》に走《はし》って逃《に》げていった。

このことがあっという間《ま》に噂《うわさ》となり、大坂《おおさか》への道筋《みちすじ》にいたほかの大名《だいみょう》たちは、もう誰《だれ》も真田軍《さなだぐん》に手《て》を出《だ》そうとはしなかった。

幸村《ゆきむら》は堂々《どうどう》と大坂城《おおさかじょう》へ入《はい》り、秀頼《ひでより》の出《で》むかえを受《う》けた。

籠城《ろうじょう》

——これはむずかしいことになった。

戦《たたか》い方《かた》を話《はな》しあう、軍議《ぐんぎ》の席《せき》を立《た》って、幸村《ゆきむら》は、眉《まゆ》をひそめていた。

いくさは、はじめから籠城《ろうじょう》、と決《き》まってしまったからである。

亡《な》き父《ちち》、昌幸《まさゆき》と何度《なんど》もくりかえした戦法《せんぽう》の検討《けんとう》から考《かんが》えると、対等《たいとう》にふつうの戦《たたか》いをしたのでは、今《いま》の徳川方《とくがわがた》に勝《か》てる見《み》こみはない。

相手《あいて》の不意《ふい》を突《つ》き、陣《じん》を切《き》りくずして、総大将《そうだいしょう》の家康《いえやす》か、跡《あと》つぎの秀忠《ひでただ》の首《くび》を一気《いっき》に討《う》ちとりにいく以外《いがい》、方法《ほうほう》はないのだ。

こうなってしまったのは、おそらく、豊臣家内部《とよとみけないぶ》に問題《もんだい》がある、と幸村《ゆきむら》は見《み》ていた。

今年《ことし》二十二歳《さい》の秀頼《ひでより》は、性格《せいかく》のやさしい、おだやかな若殿《わかとの》で、幸村《ゆきむら》もとても好感《こうかん》をもった。

しかし、残念《ざんねん》なことに、一度《ど》もいくさの場《ば》を実際《じっさい》に経験《けいけん》していない。

そのため、母《はは》の淀殿《よどどの》に気《き》にいられている何人《なんにん》かの家来《けらい》たちが、発言力《はつげんりょく》を持《も》っているのだが、その大野治長《おおのはるなが》らと幸村《ゆきむら》は、まるっきり意見《いけん》が合《あ》わなかった。

今回《こんかい》も、籠城《ろうじょう》を強《つよ》く主張《しゅちょう》したのは、治長《はるなが》だった。

浪人《ろうにん》の寄《よ》せ集《あつ》めである豊臣方《とよとみがた》は、今《いま》や幕府《ばくふ》の名《な》のもとに、家康《いえやす》の下《した》に組織《そしき》づくられている大名《だいみょう》家《け》の集団《しゅうだん》とくらべると、どう考《かんが》えても、まとまりに欠《か》ける。

しかも、佐助《さすけ》のさぐりだしたところでは、かなりの浪人《ろうにん》たちのもとに、家康《いえやす》から「今《いま》のうちに寝《ね》がえってくれば、悪《わる》いようにはしない」という説得《せっとく》の書状《しょじょう》がとどいており、そのうちの何人《なんにん》かは、知《し》らん顔《かお》で大坂城《おおさかじょう》にとどまったまま、間者《かんじゃ》の役割《やくわり》をはたしているという。

「誰《だれ》が間者《かんじゃ》かは、わからぬか」

「まだなかなかそこまでは。引《ひ》きつづき、さぐります」

そんな状態《じょうたい》での籠城《ろうじょう》では、とてもしっかりした作戦《さくせん》など立《た》てられない。

幸村《ゆきむら》は、せめて、自分《じぶん》の配下《はいか》たちだけは、独立《どくりつ》させて自由《じゆう》に動《うご》かそうと考《かんが》え、大坂城《おおさかじょう》の南東《なんとう》、平野口《ひらのぐち》を出《で》た堀《ほり》の外《そと》に、真田《さなだ》の兵《へい》を集結《しゅうけつ》させる砦《とりで》、真田丸《さなだまる》を作《つく》るゆるしを、秀頼《ひでより》にもらった。

その建設《けんせつ》の責任者《せきにんしゃ》を、海野《うんの》と根津《ねづ》でつとめてもらうことにしたのだ。

「海野《うんの》、根津《ねづ》、たのんだぞ」

篠山《ささやま》をはさんで、真田丸《さなだまる》といちばん近《ちか》いところに陣《じん》を敷《し》いていたのは、前田利常《まえだとしつね》の軍《ぐん》だった。

幸村《ゆきむら》は、篠山《ささやま》から前田軍《まえだぐん》を攻撃《こうげき》し、前田軍《まえだぐん》が攻《せ》めよせてくると、わざと退却《たいきゃく》して真田丸《さなだまる》へおびきよせ、上田城《うえだじょう》でもやったような攻撃《こうげき》でさらに痛《いた》い目《め》にあわせる、という戦《たたか》いをくりかえし、前《まえ》田軍《だぐん》の兵力《へいりょく》を削《そ》いだ。

——しかし、きりがない。

徳川方《とくがわがた》に味方《みかた》する大名《だいみょう》たちの兵《へい》は、総勢《そうぜい》二十万《まん》ともいわれている。こんなやり方《かた》では、いつまでたっても戦《たたか》いが終《お》わるはずもない。

才蔵《さいぞう》の報告《ほうこく》によれば、家康《いえやす》の陣《じん》は大坂城《おおさかじょう》から見《み》て南西《なんせい》、紀州街道《きしゅうかいどう》につづく茶臼山《ちゃうすやま》に、秀忠《ひでただ》の陣《じん》は南東《なんとう》の岡山《おかやま》に敷《し》かれているという。

——なんとか、斬《き》りこみ、どちらかを探《さが》しだすことができれば。

勝《か》つためには、戦《たたか》いを終《お》わらせるには、家康《いえやす》の首《くび》をとるしかないのだ。

幸村《ゆきむら》は、亡《な》き父昌幸《ちちまさゆき》の「墓前《ぼぜん》に首《くび》を供《そな》えてくれ」という遺言《ゆいごん》を思《おも》った。

覚悟《かくご》を決《き》めた幸村《ゆきむら》は、勇士《ゆうし》たちに砦《とりで》づくりをまかせ、夜《よる》、ごく下《した》っ端《ぱ》の兵《へい》のような恰好《かっこう》に変装《へんそう》して、笠《かさ》をかぶり、宿砂筒《しゅくさづつ》をふところに忍《しの》ばせて、大坂城《おおさかじょう》をあとにした。

宿砂筒《しゅくさづつ》は、昌幸《まさゆき》が工夫《くふう》した、火縄《ひなわ》のいらない銃《じゅう》だ。小《ちい》さいので、遠《とお》くへはとどかないが、近《ちか》い距離《きょり》ならば確実《かくじつ》に撃《う》つことができる。

前《まえ》から、家康《いえやす》の親戚筋《しんせきすじ》とわかる、松平家《まつだいらけ》の紋《もん》のついた提灯《ちょうちん》をさげた者《もの》が歩《ある》いてきた。

幸村《ゆきむら》は声《こえ》をかけた。

「もし、あのう」

「なんだ？」

どすっ。

相手《あいて》のみぞおちに拳《こぶし》を入《い》れて気《き》を失《うしな》わせると、幸村《ゆきむら》はその提灯《ちょうちん》をうばい、さらに、その者《もの》のふところをさぐった。

木《き》ぎれと、「つる」とひらがなで書《か》いた紙切《かみき》れが入《はい》っている。

——何《なに》かの役《やく》に立《た》つかもしれぬ。

そう思《おも》った幸村《ゆきむら》の直感《ちょっかん》は、当《あ》たっていた。

それは、家康《いえやす》の陣《じん》に近《ちか》づいてみて、わかった。

「入《はい》る者《もの》は、割《わ》り符*を出《だ》せ」

木《き》ぎれは、家康《いえやす》の陣《じん》の入《い》り口《ぐち》を通《とお》るための割《わ》り符《ふ》だったのだ。

＊木片《もくへん》や紙片《しへん》などに文字《もじ》を記《しる》してふたつに割《わ》ったもの。

陣《じん》へ入《はい》りこむことに成功《せいこう》した幸村《ゆきむら》は、縁《えん》の下《した》へ忍《しの》びこみ、廁《かわや》*のある場所《ばしょ》をさぐった。

佐助《さすけ》や才蔵《さいぞう》の報告《ほうこく》によれば、家康《いえやす》のそばには、つねにかならず誰《だれ》かがつきしたがっていて、様子《ようす》をさぐることはできても、手《て》を出《だ》すことはむずかしいという。

ふたりとも、何度《なんど》も相手方《あいてかた》の忍《しの》びの者《もの》に気《き》づかれそうになって、間一髪《かんいっぱつ》で抜《ぬ》けだしてきている。

——どうだ。あとは、私《わたし》に運《うん》があるかどうかだ。

家康《いえやす》が廁《かわや》へやってきた。

警固《けいご》の侍《さむらい》が五人《にん》、まわりを取《と》りかこむようにしていて、宿砂筒《しゅくさづつ》を打《う》ちこめる隙《すき》がない。

用《よう》を足《た》した家康《いえやす》が出《で》てきて、侍《さむらい》のひとりが、家康《いえやす》の手《て》に湯桶《ゆおけ》で湯《ゆ》をかけた。

——今《いま》だ。

ずきゅん！

家康《いえやす》がたおれた。

たちまちあたりは大騒《おおさわ》ぎとなった。

確実《かくじつ》にしとめたかどうか、たしかめることはできないまま、幸村《ゆきむら》は縁《えん》の下《した》から逃《に》げた。

「待《ま》て。今《いま》、曲者《くせもの》が忍《しの》びこんでいる。合《あ》い言葉《ことば》を申《もう》せ」

——合《あ》い言葉《ことば》？

＊トイレ。

「……鶴《つる》」

「よし。行《い》ってよいぞ」

なんとか真田丸《さなだまる》まで帰《かえ》ってきた幸村《ゆきむら》は、疲《つか》れた体《からだ》を横《よこ》たえ、泥《どろ》のように眠《ねむ》った。

六十余州《よしゅう》をいただきたい

翌日《よくじつ》、眼《め》を覚《さ》ますと、海野《うんの》が困惑《こんわく》した顔《かお》で、幸村《ゆきむら》に報告《ほうこく》を持《も》ってきた。

「殿《との》の叔父上《おじうえ》、真田信尹《さなだのぶただ》さまが、砦《とりで》の外《そと》においでになっておりますが……」

信尹《のぶただ》は、父昌幸《ちちまさゆき》の弟《おとうと》であるが、幸村《ゆきむら》の兄信之《あにのぶゆき》と同《おな》じく、これまでのいきさつから、徳川方《とくがわがた》の家《け》来《らい》となっていた。

「おひとりでおいでか」

「はい」

「ほう。見《み》あげた度胸《どきょう》だ」

幸村《ゆきむら》は砦《とりで》の入《い》り口《ぐち》で信尹《のぶただ》を出《で》むかえた。

「叔父上《おじうえ》。おひさしう」

「うむ。かような形《かたち》で会《あ》うとはの。今日《きょう》は、これを持参《じさん》した。大御所《おおごしょ》さまからの書状《しょじょう》じゃ」

将軍《しょうぐん》の座《ざ》を秀忠《ひでただ》にゆずった家康《いえやす》は、家来《けらい》たちから「大御所《おおごしょ》さま」とよばれている。

開《ひら》いてみると、そこには、「もはや豊臣家《とよとみけ》は逆臣《ぎゃくしん》である。今《いま》のうちに大坂城《おおさかじょう》から離《はな》れ、徳川方《とくがわがた》に出頭《しゅっとう》するならば、信濃国《しなののくに》をあたえ、上田城主《うえだじょうしゅ》としてあつかう」と書《か》いてあった。

「叔父上《おじうえ》。これは、いつ作《つく》られた書状《しょじょう》でしょう」

「今朝早《けさはや》くである。わしが御前《ごぜん》に召《め》された」

ということは、家康《いえやす》は、生《い》きていることになる。

宿砂筒《しゅくさづつ》は、家康《いえやす》に打撃《だげき》をあたえることができなかったらしい。

幸村《ゆきむら》は自分《じぶん》に運《うん》がなかったことをなげいた。戦《たたか》いはまだつづくのだ。

「叔父上《おじうえ》。たいへんありがたいが、私《わたし》もこれまで、ずいぶん苦労《くろう》して家来《けらい》たちを養《やしな》ってきました。信濃《しなの》だけでなく、甲斐《かい》も加《くわ》えていただくように、話《はなし》をしてもらえませんか」

「さようか。うむ、わかった。伝《つた》えよう」

信尹《のぶただ》が帰《かえ》っていくと、幸村《ゆきむら》はさっそく、秀頼《ひでより》と淀殿《よどどの》に対面《たいめん》をねがいでた。

「秀頼《ひでより》さま。今《いま》、わが軍《ぐん》では、たがいに誰《だれ》が徳川方《とくがわがた》に内通《ないつう》しているかと、みな疑心暗鬼《ぎしんあんき》になっております。この幸村《ゆきむら》も、兄《あに》や叔父《おじ》があちらにおりますゆえ、みなさまから全幅《ぜんぷく》の信頼《しんらい》を得《え》ていないこと、よく自覚《じかく》しております」

それは本当《ほんとう》だった。

真田丸《さなだまる》をあえて堀《ほり》の外《そと》に築《きず》いたことにも、「内通《ないつう》しているからではないか」と疑《うたが》いの目《め》を向《む》ける者《もの》が多《おお》いらしいのを、幸村《ゆきむら》は知《し》っていた。

「さきほど叔父《おじ》の信尹《のぶただ》が来《き》て、家康《いえやす》のかような書状《しょじょう》を置《お》いていきました。つぎ、叔父《おじ》が来《き》たときにはぜひ、幸村《ゆきむら》がどう返事《へんじ》をするか、秀頼《ひでより》さまにも、淀《よど》のお方《かた》さまにも、お見《み》とどけいただきたいのです」

翌日《よくじつ》、さっそく信尹《のぶただ》がやってきた。幸村《ゆきむら》は、叔父《おじ》の応対《おうたい》を海野《うんの》にまかせ、自分《じぶん》は秀頼《ひでより》と淀殿《よどどの》といっしょに、その様子《ようす》を隣室《りんしつ》からのぞいていた。

「なんだ、幸村《ゆきむら》はどうした」

「殿《との》は、ただいま秀頼《ひでより》さまの御前《ごぜん》においでです」

「なんだと」

「叔父上《おじうえ》さまがおいでになったら、お伝《つた》えするようにと、お言葉《ことば》をあずかっております」

「申《もう》してみよ」

「はい。昨日《きのう》は、うかつにも甲斐信濃《かいしなの》二国《こく》と申《もう》しあげましたが、それでは不足《ふそく》と」

「ばかな。それ以上何《いじょうなに》を望《のぞ》むと申《もう》す」

「はい。日本国全土《にほんこくぜんど》、六十余州《よしゅう》をすべていただきたいと。そうして、それをそっくりそのまま、秀頼《ひでより》さまに献上《けんじょう》し、家康《いえやす》さまには自分《じぶん》の首《くび》をおわたしするとのことでございます」

信尹《のぶただ》はあまりのことに、何《なに》も言《い》わないまま、その場《ば》を立《た》ち去《さ》っていった。

「幸村《ゆきむら》。そなたという人《ひと》は……」

淀殿《よどどの》がほろほろと涙《なみだ》を流《なが》した。

秀頼《ひでより》も、だまったまま、何度《なんど》もうなずいている。

時《とき》はすでに、十二月《がつ》になっていた。

十二月《がつ》の十一日《にち》、家康《いえやす》はとうとうしびれを切《き》らしたのか、真田丸《さなだまる》に兵《へい》を集中《しゅうちゅう》させ、大軍《たいぐん》で攻撃《こうげき》をかけてきた。

砦《とりで》の外壁《がいへき》に、兵《へい》がつぎからつぎへとよじのぼってくる。

真田軍《さなだぐん》は、ひたすらそれをふりおとし、ふりおとし、日暮《ひぐ》れまで持《も》ちこたえた。真田丸《さなだまる》はようやく、静《しず》かになった。

幸村《ゆきむら》は、砦《とりで》を家来《けらい》たちにまかせ、望月六郎《もちづきろくろう》ひとりに供《とも》を命《めい》じると石垣《いしがき》の下《した》に巧妙《こうみょう》にかくされた、地下《ちか》への入《い》り口《ぐち》を下《お》りていった。

「殿《との》。大坂城《おおさかじょう》に、かような抜《ぬ》け穴《あな》があったとは」

抜《ぬ》け穴《あな》から顔《かお》を出《だ》した望月《もちづき》は、驚《おどろ》いて目《め》をぱちぱちとさせた。

「うむ。さすが、秀吉《ひでよし》さまの残《のこ》された城《しろ》だ。おそらく、さぐればまだまだ、いくさに備《そな》えたしかけがあるのではないかと思《おも》う」

大坂城内《おおさかじょうない》を調《しら》べていて見《み》つけた、抜《ぬ》け穴《あな》だった。

しかも、現在《げんざい》家康《いえやす》が本陣《ほんじん》をかまえているあたりに、出口《でぐち》があるのだ。

「望月《もちづき》。この穴《あな》を使《つか》って、これから命《めい》じる計略《けいりゃく》を実行《じっこう》してくれ。たのんだぞ」

「はっ」

幸村《ゆきむら》は、望月《もちづき》とともに、家康《いえやす》の本陣《ほんじん》をかこむように、爆薬《ばくやく》をしかけた。

望月《もちづき》が苦心《くしん》の作《さく》である。

「われらが逃《に》げだす時間《じかん》を考《かんが》えて、爆発《ばくはつ》するようにしてあります」

すべての爆薬《ばくやく》をしかけ終《お》わり、抜《ぬ》け穴《あな》を通《とお》って真田丸《さなだまる》にもどる頃《ころ》、家康《いえやす》の本陣《ほんじん》が炎上《えんじょう》するのが見《み》えた。

幸村《ゆきむら》は、今度《こんど》は馬《うま》に乗《の》って、陣《じん》から逃《に》げてくるはずの家康《いえやす》をさがしたが、どこをどう逃《に》げたのか、見《み》つけることはできなかった。

――もう一息《ひといき》、もう一息《ひといき》だ。

不本意《ふほんい》な和議《わぎ》

籠城《ろうじょう》している側《がわ》と攻《せ》めている側《がわ》、一見《いっけん》すると攻《せ》めている側《がわ》の方《ほう》が有利《ゆうり》に見《み》えるかもしれないが、そんなことはない。

むしろ戦《たたか》いが長《なが》くなれば、かこんでいる側《がわ》の方《ほう》に、無理《むり》がくる。

幸村《ゆきむら》は、徳川方《とくがわがた》の疲《つか》れを見《み》こして、さらなる作戦《さくせん》を立《た》てようとしたが、思《おも》わぬところから、家《いえ》康《やす》にはばまれることになった。

ねらわれたのは、城内《じょうない》の、女《おんな》たちの気持《きも》ちであった。

家康《いえやす》は、淀殿《よどどの》の周辺《しゅうへん》に、女同士《おんなどうし》のつながりを使《つか》って、ゆさぶりをかけてきたのだ。

使者《ししゃ》としてやってきたのは、淀殿《よどどの》の妹《いもうと》で、今《いま》は常高院《じょうこういん》とよばれている、初《はつ》という女性《じょせい》である。

初《はつ》は、*若狭小浜《わかさおばま》の城主《じょうしゅ》、京極高次《きょうごくたかつぐ》の妻《つま》となり、高次《たかつぐ》亡《な》きあと、城主《じょうしゅ》となった子《こ》の忠高《ただたか》のもとで、余生《よせい》を送《おく》っていた。

家康《いえやす》は、この初《はつ》と、自分《じぶん》の側室《そくしつ》のひとりである阿茶《あちゃ》の局《つぼね》の二人《ふたり》を、大坂城《おおさかじょう》へ和議《わぎ》の交渉役《こうしょうやく》として送《おく》りこんできたのだ。

女性同士《じょせいどうし》の方《ほう》が「本当《ほんとう》はもういくさなどやめたい」という本音《ほんね》を引《ひ》きだせるのではないかと考《かんが》

＊現在《げんざい》の福井県西部《ふくいけんせいぶ》。

えたのだろう。

淀殿《よどどの》をはじめ、大坂城《おおさかじょう》の大奥《おおおく》の女性《じょせい》たちは、実際《じっさい》、かなり心《こころ》を動《うご》かされた。

数日前《すうじつまえ》に、徳川方《とくがわがた》が打《う》ちこんだ大砲《たいほう》で、本丸《ほんまる》にいた淀殿《よどどの》の侍女《じじょ》たちが何人《なんにん》も命《いのち》を落《お》としたことも、女《おんな》たちが和議《わぎ》にかたむいた理由《りゆう》のひとつだった。

「姉上《あねうえ》。おひさしう。苦労《くろう》をなさいましたね」

「おお、初《はつ》。よく来《き》てくれた。達者《たっしゃ》であったか」

ひさしぶりの姉妹《しまい》の対面《たいめん》で、その場《ば》はなごやかになった、かに思《おも》われた。

しかし、初《はつ》と阿茶《あちゃ》がしめした和議《わぎ》の条件《じょうけん》は、淀殿《よどどの》をはげしく怒《おこ》らせた。

「初《はつ》。はるばるたずねてきて、かようなことを伝《つた》えるとは。もうそなたの顔《かお》など見《み》たくない。帰《かえ》りなさい」

「姉上《あねうえ》。そうは言《い》っても」

「ええい、やかましい。下《さ》がれと言《い》ったら、下《さ》がれと言《い》うに」

いつもの家康《いえやす》のやり方《かた》だった。つぎの三《みっ》つのうち、どれかひとつを実行《じっこう》せよというのだ。
一、大坂城《おおさかじょう》の外堀《そとぼり》を埋《う》める。

二、浪人《ろうにん》たちをやとうのをやめる。
三、淀殿《よどどの》が江戸《えど》に住《す》まいを移《うつ》す。

淀殿《よどどの》の怒《いか》りによって、この和議《わぎ》の提案《ていあん》はまとまらなかったが、家康《いえやす》はさらに、朝廷《ちょうてい》をも動《うご》かして、この条件《じょうけん》での和議《わぎ》に応《おう》じるよう、要求《ようきゅう》してきた。

いったん、「いくさが終《お》わるかも」と思《おも》ってしまった女《おんな》たちは、淀殿《よどどの》の怒《いか》りは怒《いか》りとしても、やはり和議《わぎ》への期待《きたい》を捨《す》てきれなくなっていた。

その思《おも》いはだんだんと、女《おんな》たちだけでなく、城内全体《じょうないぜんたい》の緊張《きんちょう》をゆるませていった。

「やむをえない。母上《ははうえ》を江戸《えど》へ送《おく》るなどとんでもないし、浪人《ろうにん》とはいっても、真田《さなだ》をはじめ、みな、もうわが豊臣《とよとみ》の大切《たいせつ》な家来《けらい》。外堀《そとぼり》を埋《う》めることを承知《しょうち》しよう」

幸村《ゆきむら》は、なんとかこの秀頼《ひでより》の決断《けつだん》をくつがえさせたかったが、大勢《おおぜい》の意見《いけん》を変《か》えさせることは無理《むり》だった。

――なんとかならないだろうか。

秀頼《ひでより》も淀殿《よどどの》も、いくさのことがよくわからないから、外堀《そとぼり》を埋《う》められるということが何《なに》を意味《いみ》するのか、まるでわかっていないのだ。

「殿《との》。外堀《そとぼり》を埋《う》められては……」

根津《ねづ》が話《はな》しかけてきた。

もともと海《うみ》の一族《いちぞく》だった根津《ねづ》は、水《みず》の流《なが》れの持《も》つ力《ちから》をよく知《し》っている。

「うむ。城《しろ》が城《しろ》でなくなるも同然《どうぜん》だ」

もし、外堀《そとぼり》を埋《う》められてから、こたびのような大軍《たいぐん》にかこまれたら、大坂城《おおさかじょう》はあっという間《ま》に落《お》ちてしまうだろう。

「家康《いえやす》ももう、いい歳《とし》だ。このまま籠城《ろうじょう》して時間《じかん》をかせげば」

亡《な》き父《ちち》よりも四歳《さい》も年長《ねんちょう》の家康《いえやす》だ。幸村《ゆきむら》は、その死《し》まで、籠城《ろうじょう》してもかまわないとさえ思《おも》っていた。

しかし、幸村《ゆきむら》の思《おも》いをよそに、朝廷《ちょうてい》の仲介《ちゅうかい》による和議《わぎ》の手続《てつづ》きが、どんどんと進《すす》められていた。

「真田《さなだ》どの。お願《ねが》いがござる」

改《あらた》まった様子《ようす》で訪《たず》ねてきたのは、木村重成《きむらしげなり》だった。今度《こんど》の和議《わぎ》で、こちら側《がわ》の使者《ししゃ》をつとめることになっている。

「じつは私《わたし》は、和議《わぎ》には反対《はんたい》なのです。しかし、秀頼《ひでより》さまや淀殿《よどどの》のお心《こころ》を動《うご》かすことができませんでした。ですから、明日《あした》の和議《わぎ》で、私《わたし》は、さわぎを起《お》こします」

「さわぎ、と申《もう》されますと？」

「はい。明日《あした》の手続《てつづ》きの場《ば》で、ひたすら無礼《ぶれい》な態度《たいど》をとりつづけようと思《おも》います。そうすればきっと、家康《いえやす》は怒《おこ》って、私《わたし》を殺《ころ》すか、捕《と》らえるかするでしょう。そうなれば、和議《わぎ》はやぶれます」

「なるほど。しかし、それでは、木村《きむら》さまのお命《いのち》が」

「かまいません。ですから、私《わたし》が処刑《しょけい》されて、和議《わぎ》がやぶれたら、ぜひ、真田《さなだ》さまにあとのいくさの指揮《しき》をとっていただきたいのです。どうか、淀殿《よどどの》がお気《き》にいりの大野治長《おおのはるなが》などに、これ以上《いじょう》大《おお》きな顔《かお》をさせないでやってください」

幸村《ゆきむら》は、重成《しげなり》の命《いのち》がけの訴《うった》えに、強《つよ》く心《こころ》を打《う》たれた。

「わかりました。そのお志《こころざし》、かならず受《う》けつぎましょう」

翌日《よくじつ》、幸村《ゆきむら》は、「重成処罰《しげなりしょばつ》、和議《わぎ》やぶれる」の知《し》らせが、いつ来《く》るか、いつ来《く》るかと待《ま》った。

ところが、重成《しげなり》は、何事《なにごと》もなく、城《しろ》へもどってきた。

「真田《さなだ》どの。向《む》こうが何枚《なんまい》も上手《うわて》でした。家康《いえやす》は、私《わたし》の胸《むね》の内《うち》を見《み》すかしたように、どんなに無《ぶ》礼《れい》な態度《たいど》をとって、まわりの家来《けらい》たちが怒《おこ》っても、『よいよい、捨《す》ておけ』と笑《わら》って言《い》うばかり。けっきょく、最後《さいご》まで目的《もくてき》をはたすことはできませんでした」

がっくりと肩《かた》を落《お》とす重成《しげなり》に、幸村《ゆきむら》はかける言葉《ことば》もなかった。

影武者小助《かげむしゃこすけ》

和議《わぎ》が成立《せいりつ》しても、たがいに相手《あいて》をうたがう気持《きも》ちがなくなるわけではない。

徳川方《とくがわがた》も豊臣方《とよとみがた》も、かまえた陣《じん》はそのままに、にらみあうような日々《ひび》がつづいた。

――堀《ほり》が埋《う》められないうちに、何《なに》かできないだろうか。

考《かんが》えるうちに、幸村《ゆきむら》はとんでもない計画《けいかく》に思《おも》いいたった。

――しかしそれは……そんなことは。

幸村《ゆきむら》は、思《おも》いついてから何日《なんにち》も迷《まよ》った。

迷《まよ》って迷《まよ》って、迷《まよ》った末《すえ》、穴山小助《あなやまこすけ》をそばに呼《よ》ぶと、深《ふか》く頭《あたま》を下《さ》げて言《い》った。

「小助《こすけ》。無理《むり》を承知《しょうち》で、そなたにたのみがある。そなたの命《いのち》を、私《わたし》にくれないか。私《わたし》の身代《みが》わりになって……その……」

幸村《ゆきむら》は、ひとつひとつの言葉《ことば》をふりしぼるようにして、小助《こすけ》にこたびの計画《けいかく》を打《う》ちあけた。

「殿《との》。頭《あたま》をお上《あ》げください。某《それがし》、いつでも殿《との》のおために命《いのち》を捨《す》てる覚悟《かくご》でおります。そもそも、殿《との》に拾《ひろ》っていただかなければ、某《それがし》は子《こ》どもの頃《ころ》に、きっと死《し》んでいたのですから」

小助《こすけ》の父《ちち》は、まだ幼《おさな》い小助《こすけ》を連《つ》れたまま、いくさ場《ば》に出《で》て、そのまま亡《な》くなっていた。

母《はは》はどこの誰《だれ》とも知《し》れないのだという。孤児《こじ》になった小助《こすけ》を、「自分《じぶん》の側近《そっきん》にしたい」と幸村《ゆきむら》が昌幸《まさゆき》に申《もう》しでたのだった。

「おそれおおくも、殿《との》の影武者《かげむしゃ》として、殿《との》のお名前《なまえ》をいただいて死《し》ねるのならば、そんな名誉《めいよ》なことはありません。そのお役目《やくめ》、よろこんでお引《ひ》きうけいたします」

「小助《こすけ》……すまぬ。そなたの気持《きも》ち、けっしてむだにはせぬ」

幸村《ゆきむら》は、すぐに家康《いえやす》と、その孫《まご》にあたる越前松平家《えちぜんまつだいらけ》の忠昌《ただまさ》、それに忠昌《ただまさ》の家来《けらい》である原貞胤《はらさだたね》に手紙《てがみ》を出《だ》した。

原貞胤《はらさだたね》の父《ちち》は、もともと武田信玄《たけだしんげん》の家来《けらい》であり、幸村《ゆきむら》の父昌幸《ちちまさゆき》とは、ともに奉行《ぶぎょう》の役目《やくめ》もつとめた仲《なか》である。

幸村《ゆきむら》の書状《しょじょう》は「せっかく和議《わぎ》もまとまったことであるので、原貞胤《はらさだたね》どのにお目《め》にかかり、父《ちち》の思《おも》い出話《でばなし》などもいたしたく、訪問《ほうもん》をおゆるしいただきたい」という内容《ないよう》である。

――きっと、家康《いえやす》は、よい機会《きかい》だから、幸村《ゆきむら》をその場《ば》で殺《ころ》せ、と命《めい》じてくるはずだ。

家康《いえやす》は、「真田幸村《さなだゆきむら》さえいなければ、豊臣方《とよとみがた》を武力《ぶりょく》でつぶすのはわけないことだ」と思《おも》っているにちがいない。

幸村《ゆきむら》を暗殺《あんさつ》する機会《きかい》があれば、かならずねらってきて、和議《わぎ》の約束《やくそく》を向《む》こうからやぶってくるだろう。

これが、幸村《ゆきむら》のねらいだった。

原貞胤《はらさだたね》とは、前《まえ》に一度《ど》だけ会《あ》っている。本物《ほんもの》の幸村《ゆきむら》ではないと見《み》やぶられるかもしれない。

しかし、もし見《み》やぶられて、小助《こすけ》が小助《こすけ》として殺《ころ》されても、幸村《ゆきむら》の家来《けらい》にはちがいない。

その場合《ばあい》は、「徳川方《とくがわがた》が和議《わぎ》をやぶって、真田家《さなだけ》の家来《けらい》を殺《ころ》した」と主張《しゅちょう》して、いくさに持《も》ちこむことができる。

約束《やくそく》の日《ひ》、小助《こすけ》が原貞胤《はらさだたね》を訪《たず》ねていくと、やはり、鉄砲隊《てっぽうたい》が待《ま》ちかまえている気配《けはい》があった。

「幸村《ゆきむら》どの。よくおいでくださった」

「これはこれは。お目《め》にかかれてうれしうぞんずる」

小柄《こがら》だががっしりした、幸村《ゆきむら》とよく似《に》た体《からだ》つきの小助《こすけ》が、幸村《ゆきむら》の装束《しょうぞく》を身《み》につけているので、向《む》こうはおおよそ信《しん》じているようである。

酒《さけ》がすすめられ、父親同士《ちちおやどうし》の昔話《むかしばなし》に花《はな》が咲《さ》く。小助《こすけ》は、昌幸《まさゆき》のこともよく覚《おぼ》えていたから、話《はなし》を合《あ》わせることができた。

そろそろだろうか、と小助《こすけ》が覚悟《かくご》を決《き》めた、そのときだった。ひとりの武士《ぶし》が入《はい》ってきて、原《はら》に耳《みみ》うちした。

「原《はら》どの。大御所《おおごしょ》さまからのご命令《めいれい》です。今《いま》お会《あ》いになっている方《かた》は、そのままお帰《かえ》りいただくようにと」

この耳《みみ》うちは、小助《こすけ》には聞《き》こえなかったが、小助《こすけ》は、その場《ば》の様子《ようす》から、こたびの作戦《さくせん》が失敗《しっぱい》したことをさとった。

大坂城《おおさかじょう》にもどってきた小助《こすけ》は、幸村《ゆきむら》に涙《なみだ》ながらにわびた。

「申《もう》し訳《わけ》ございません。かくなる上《うえ》は……」

小助《こすけ》が刀《かたな》に手《て》をかけたのを見《み》て、幸村《ゆきむら》はきびしく言《い》った。

「切腹《せっぷく》はゆるさぬぞ。きっと、そなたが本当《ほんとう》に役《やく》に立《た》ってくれる日《ひ》が、もっと別《べつ》にあるということだ。それまで、その命《いのち》、大切《たいせつ》にしていてくれ」

――家康《いえやす》め。どこまでも、知恵《ちえ》のまわる爺《じじい》だ。影武者《かげむしゃ》を見《み》やぶるとは。

これからどうなるのか、どうするのか。

幸村《ゆきむら》は、さらなる思案《しあん》にふけった。

九、大《おお》坂《さか》夏《なつ》の陣《じん》

いくさ、ふたたび

慶長《けいちょう》二十（1615）年《ねん》の春《はる》を、幸村《ゆきむら》は大坂城《おおさかじょう》の二の丸《まる》でむかえていた。

徳川方《とくがわがた》の者《もの》たちが、堀《ほり》をようしゃなく埋《う》めていく気配《けはい》がわかる。

その工事《こうじ》が、じつは和議《わぎ》の条件《じょうけん》にあった外堀《そとぼり》だけでなく、もっと内部《ないぶ》にまで進《すす》んでいることに、幸村《ゆきむら》は地団駄《じだんだ》を踏《ふ》みたいほど悔《くや》しい思《おも》いをしていた。

――なんということだ。これでもはや、籠城《ろうじょう》さえもできなくなってしまった。

あきらかに、約束違反《やくそくいはん》ではないか。すぐにでも、そう言《い》って攻撃《こうげき》してやりたいところなのだが、幸村《ゆきむら》の判断《はんだん》だけで、徳川方《とくがわがた》を攻撃《こうげき》することはできなかった。

豊臣家《とよとみけ》という大《おお》きな集団《しゅうだん》の中《なか》で、幸村《ゆきむら》がまかされているのは「いくさの作戦《さくせん》の一部《いちぶ》を指揮《しき》すること」でしかない。

豊臣家《とよとみけ》が徳川家《とくがわけ》や朝廷《ちょうてい》にどんな態度《たいど》をとるかについて、口出《くちだ》しできる立場《たちば》にはなかった。

家康《いえやす》をはじめ、徳川方《とくがわがた》の主《おも》な者《もの》が陣《じん》を引《ひ》きあげたことで、城内《じょうない》はほっとした空気《くうき》につつまれている。

とりわけ、いくさのことを学《まな》ぼうとしない、淀殿《よどどの》とその取《と》りまきたちは、もうすっかり戦《たたか》う気《き》力《りょく》を失《うしな》っていて、堀《ほり》を埋《う》められていることが、どれだけたいへんなことか、気《き》づいている様子《ようす》がない。

そうしたゆるんだ様子《ようす》に見切《みき》りをつけ、「豊臣方《とよとみがた》にはもう味方《みかた》しない」と言《い》って、去《さ》っていってしまう者《もの》や、家康《いえやす》からの「今《いま》からでもこちらに服従《ふくじゅう》する姿勢《しせい》を見《み》せれば、悪《わる》いようにはしない」という誘《さそ》いにのってしまう者《もの》も、多《おお》くなっている。

堀《ほり》は埋《う》められ、人数《にんずう》は減《へ》り、まとまりもない。

――今《いま》の状態《じょうたい》で、もし不意《ふい》に攻《せ》めてこられたら。

昨年《さくねん》の冬《ふゆ》の陣《じん》のときのようには、とても持《も》ちこたえられない。

そう思《おも》うと、幸村《ゆきむら》は、いてもたってもいられなかった。

「殿《との》。今《いま》もどりました」

「おお、佐助《さすけ》、ご苦労《くろう》だった。で、どうであった？　薩摩《さつま》は」

九州《きゅうしゅう》、薩摩国《さつまのくに》の島津家《しまづけ》は、もともと、あまり徳川家《とくがわけ》との関係《かんけい》がよくない。

こたびの戦《たたか》いには、まったく参加《さんか》していなかった。

幸村《ゆきむら》は、佐助《さすけ》に自分《じぶん》の書状《しょじょう》を持《も》たせ、いざというときは島津《しまづ》に助《たす》けをもとめられないか、道《みち》をさぐっていたのだ。

「はい。何《なに》かあれば、いつでも薩摩《さつま》へおいでくださいとのことです」

「そうか。それはよかった……」

――これで、最後《さいご》の逃《に》げ道《みち》は確保《かくほ》した。

幸村《ゆきむら》が、先《さき》の先《さき》まで考《かんが》えぬいていた頃《ころ》、淀殿《よどどの》とその取《と》りまきは、完全《かんぜん》に家康《いえやす》に振《ふ》りまわされていた。

和議《わぎ》について話《はな》しあう中《なか》で、堀《ほり》を埋《う》めるという大《おお》きな条件《じょうけん》を飲《の》むについては、それでも、すこしは豊臣方《とよとみがた》にも配慮《はいりょ》した条件《じょうけん》を、ということで、秀頼《ひでより》が支配《しはい》する領土《りょうど》を増《ふ》やすという約束《やくそく》がされていた。

ところが、家康《いえやす》はのらりくらりとその手続《てつづ》きを実行《じっこう》しないまま、どんどん時間《じかん》がたっていた。

堀《ほり》の埋《う》めつぶしばかり先《さき》にどんどん進《すす》み、支配地《しはいち》の約束《やくそく》は守《まも》られないので、怒《おこ》った豊臣方《とよとみがた》が使《つか》いを出《だ》して抗議《こうぎ》しようとすると、家康《いえやす》は平気《へいき》で何日《なんにち》でも待《ま》たせたあげく、「そんな約束《やくそく》は知《し》らぬ」

と突《つ》っぱねたりした。

「どういうことか。なぜそんなあつかいを受《う》けるのか」

淀殿《よどどの》と取《と》りまきたちは、しきりに家康《いえやす》をののしったが、それを伝《つた》える手段《しゅだん》さえない。

——これは、家康《いえやす》の挑発《ちょうはつ》だ。怒《おこ》って今《いま》、いくさに踏《ふ》みきったりしたら……。

それこそ、かえって向《む》こうの思《おも》うつぼなのだが。

幸村《ゆきむら》の心配《しんぱい》をよそに、淀殿《よどどの》は、ふたたびのいくさを決《き》めてしまった。

慶長《けいちょう》二十（1615）年《ねん》四月《がつ》。大坂夏《おおさかなつ》の陣《じん》のはじまりである。

四人影武者《にんかげむしゃ》

豊臣方《とよとみがた》が勝《か》つためには、何《なに》よりも、もう一度《ど》、まとまりと緊張感《きんちょうかん》を取《と》りもどすことが必要《ひつよう》だ。

そうして、標的《ひょうてき》をただひとつ、家康《いえやす》の首《くび》を取《と》ることにのみ、しぼる。

冬《ふゆ》の陣《じん》のときより数《かず》は減《へ》ってしまったが、それでも、この幸村《ゆきむら》の考《かんが》えに賛成《さんせい》してくれる武将《ぶしょう》が何人《なんにん》か残《のこ》っていた。

この期《ご》におよんでもなお、残《のこ》っている者《もの》たちということは、ほとんどが、亡《な》き秀吉《ひでよし》への恩《おん》を強《つよ》く感《かん》じている者《もの》ばかりである。

しかし、総指揮《そうしき》をとったのが、淀殿《よどどの》お気《き》にいりの大野治長《おおのはるなが》であったため、戦《たたか》いは思《おも》うにまかせず、塙団右衛門《ばんだんえもん》、岡部大学《おかべだいがく》といった有能《ゆうのう》な武将《ぶしょう》が、そうそうに命《いのち》を落《お》としてしまった。

——治長《はるなが》どのは、交渉《こうしょう》ごとの知恵《ちえ》はあるが、いくさはあまり……。

「殿《との》。木村重成《きむらしげなり》さま、討《う》ち死《じ》にとのことでございます」

籠城《ろうじょう》できなくなった豊臣方《とよとみがた》は、城《しろ》から出《で》て敵《てき》と正面《しょうめん》からぶつかるしかない。つぎつぎと、惜《お》しむべき人《ひと》の討《う》ち死《じ》にが知《し》らされてくる。

今《いま》や、幸村《ゆきむら》が盟友《めいゆう》としてたよれる武将《ぶしょう》は、長宗我部盛親《ちょうそかべもりちか》と後藤基次《ごとうもとつぐ》のふたりになっていたが、このふたりも、日々《ひび》、きびしい戦《たたか》いを強《し》いられている。

——あとは、真田《さなだ》の兵《へい》だけでどこまでやれるか。

作戦《さくせん》を考《かんが》えていた幸村《ゆきむら》のもとに、望月《もちづき》、筧《かけい》、根津《ねづ》、小助《こすけ》がやってきた。

「殿《との》。お願《ねが》いがございます」

「なんだ、四人《にん》もならんで。願《ねが》いとはなんだ」

幸村《ゆきむら》が問《と》うと、望月《もちづき》が言《い》った。

「はい。明日《あした》からのいくさで、われら四人《にん》に、十人《にん》ずつの兵《へい》と、殿《との》のお名前《なまえ》をいただきたいのです。小助《こすけ》ほど、似《に》せることはできぬかもしれませんが」

「徳川方《とくがわがた》は、殿《との》のお名前《なまえ》が出《で》るだけで、何《なに》をしてくるのかとおそれ、身《み》がまえます。われらに、影武者《かげむしゃ》としての出撃《しゅつげき》をおゆるしください」

「あちこちに、同時《どうじ》に殿《との》のお名前《なまえ》を名《な》のる者《もの》があらわれれば、敵《てき》はかならず混乱《こんらん》します。その隙《すき》をついて、殿《との》は敵陣《てきじん》をぬけ、家康《いえやす》を見《み》つけてください」

——そなたたち……。

目頭《めがしら》が熱《あつ》くなる。幸村《ゆきむら》は目《め》を閉《と》じた。自分《じぶん》のためにすべてを投《な》げ出《だ》してくれる家来《けらい》たちに向《む》かって、今《いま》、何《なん》と言《い》えば良《よ》いのだろう。

「わかった。存分《ぞんぶん》に暴《あば》れてくれ」

五月七日《がつなのか》。大坂城《おおさかじょう》の南《みなみ》にある茶臼山《ちゃうすやま》から、真田軍《さなだぐん》のいくさははじまった。

「よいか。みな、敵《てき》をできるだけ丘《おか》の上《うえ》までおびきだし、ばらばらにせよ。家康《いえやす》のいる本陣《ほんじん》までの道筋《みちすじ》が手薄《てうす》になるように。目標《もくひょう》はただひとつ、家康《いえやす》の首《くび》だ。ほかの敵《てき》は……」

幸村《ゆきむら》の装束《しょうぞく》を着《き》て、六文銭《ろくもんせん》の旗《はた》の下《もと》で兵《へい》たちに最後《さいご》の指示《しじ》を出《だ》しているのは、小助《こすけ》である。

「よし。進《すす》め！」

小助《こすけ》は十人《にん》の兵《へい》を連《つ》れて、敵陣《てきじん》へ突進《とっしん》した。

「われこそは真田幸村《さなだゆきむら》なるぞ。命《いのち》が惜《お》しくなければ、かかってまいれ！」

幸村《ゆきむら》の名《な》を聞《き》いて、敵兵《てきへい》たちが色《いろ》めきたった。小助《こすけ》は馬《うま》で敵兵《てきへい》をけちらし、つぎつぎと降《ふ》ってくる矢《や》を刀《かたな》でふりはらいながら、家康《いえやす》の本陣《ほんじん》を目指《めざ》して、進《すす》んだ。

——いかん。

よけきれなかった矢《や》が、馬《うま》の横《よこ》っ腹《ぱら》に刺《さ》さった。

小助《こすけ》は手綱《たづな》から手《て》を離《はな》し、身《み》をおどらせて地面《じめん》に着地《ちゃくち》した。

あっという間《ま》に、敵兵《てきへい》がむらがってくる。

突《つ》きだされる刀《かたな》に防戦《ぼうせん》していると、すこし離《はな》れたところでまた、名《な》のりを上《あ》げる者《もの》がいた。

「われこそ、本物《ほんもの》の真田幸村《さなだゆきむら》なるぞ。本当《ほんとう》に手柄《てがら》の欲《ほ》しい者《もの》は、かかってまいれ！」

根津《ねづ》であった。

「本物《ほんもの》の」と聞《き》いて、敵兵《てきへい》たちの動《うご》きが変《か》わる。

根津《ねづ》は、敵兵《てきへい》たちの隙間《すきま》をぬうように、馬《うま》を走《はし》らせた。

敵兵《てきへい》たちの組《く》んでいた隊列《たいれつ》はどんどんと崩《くず》れて、どこまでが敵《てき》か味方《みかた》か、次第《しだい》にわかりにくくなっていた。

根津《ねづ》のまわりに敵兵《てきへい》たちが集《あつ》まるのを見《み》て、さらに遠《とお》くで名《な》のりをあげた者《もの》がいた。

「真田幸村《さなだゆきむら》はこちらだ。たしかめたくばかかってまいれ！」

望月《もちづき》である。

敵兵《てきへい》たちは訳《わけ》がわからなくなっていた。

「どういうことだ。みな同《おな》じ装束《しょうぞく》とよろい、かぶとに、六文銭《ろくもんせん》だ」

「ええい、片《かた》っぱしからぜんぶ討《う》ちとれ」

「幸村《ゆきむら》は忍《しの》びの者《もの》を使《つか》うというが、もしや自身《じしん》も忍術《にんじゅつ》を使《つか》うのか？」

「とにかくぜんぶ討《う》ちとってしまえ！」

敵兵《てきへい》たちが三人《にん》の動《うご》きに右往左往《うおうさおう》していると、いきなり、
どん！　どん、どん。どん！

と銃声《じゅうせい》がつづけざまにひびいた。

兵《へい》に何挺《なんちょう》もの銃《じゅう》を持《も》たせ、敵兵《てきへい》めがけて打《う》ちこんでいるのは、筧《かけい》だった。

筧《かけい》は、名《な》のりはあげなかったが、やはり幸村《ゆきむら》と同《おな》じ恰好《かっこう》をして、六文銭《ろくもんせん》の旗《はた》をたなびかせていたので、敵兵《てきへい》の方《ほう》が勝手《かって》に、「うわぁ、こっちも幸村《ゆきむら》だ」とさわぎはじめた。

敵兵《てきへい》たちがばらばらになった隙《すき》をついて、幸村《ゆきむら》の子《こ》・大助《だいすけ》が、才蔵《さいぞう》、清海入道《せいかいにゅうどう》、伊三入道《いさにゅうどう》をしたがえて、家康《いえやす》の本陣《ほんじん》をめざして駆《か》けぬけていく。

「逃《に》すなぁ！」

追《お》いすがる敵兵《てきへい》を振《ふ》りきろうと、大助《だいすけ》は必死《ひっし》に馬《うま》を走《はし》らせる。

そのさわぎの中《なか》を、幸村《ゆきむら》は雑兵《ぞうひょう》の恰好《かっこう》で、鎌之助《かまのすけ》とふたり、馬《うま》に乗《の》らずに本陣《ほんじん》へ向《む》かっていた。

大助《だいすけ》と幸村《ゆきむら》がその場《ば》を通《とお》りぬけたとき、影武者《かげむしゃ》になっていた四人《にん》はそれぞれ、もはや自分《じぶん》たちに残《のこ》された道《みち》がひとつしかないことをさとった。

徳川方《とくがわがた》は、圧倒的《あっとうてき》に数《かず》が多《おお》い。

どれだけ斬《き》りふせても、つぎからつぎへとあらわれるので、四人《にん》とも、とうの昔《むかし》に、したがえていた家来《けらい》と引《ひ》きはなされ、死《し》に場所《ばしょ》を探《さが》すのみになっていた。

四人《にん》は、かねて打《う》ちあわせていた小高《こだか》い場所《ばしょ》まで、どうにか集《あつ》まった。

筧《かけい》が大音声《だいおんじょう》をあげた。

「真田幸村《さなだゆきむら》、ただいまここで、腹《はら》かっさばいて冥土《めいど》へまいる。首《くび》の欲《ほ》しい者《もの》は拾《ひろ》うがよい！」

筧《かけい》、小助《こすけ》、根津《ねづ》の三人《にん》が切腹《せっぷく》したのを見《み》て、望月《もちづき》は、持《も》っていた爆薬《ばくやく》に火《ひ》をつけた。

たちまち、四人《にん》の体《からだ》を炎《ほのお》が包《つつ》んだ。

紅蓮《ぐれん》の炎《ほのお》の中《なか》で、望月《もちづき》も、自分《じぶん》の腹《はら》に、刀《かたな》を突《つ》きたてた。

「おい、これじゃあ、首《くび》を拾《ひろ》っていっても、どれが本当《ほんとう》に幸村《ゆきむら》の首《くび》か、わからないぞ」

「だいたい、あの四人《にん》の中《なか》に、本当《ほんとう》にいたのか？　まだどこかで、生《い》きているんじゃないか？」

敵兵《てきへい》たちは、燃《も》えさかる四人《にん》の亡骸《なきがら》を前《まえ》に、途方《とほう》にくれていた。

才蔵《さいぞう》の最期《さいご》

敵陣《てきじん》を突破《とっぱ》した大助《だいすけ》と才蔵《さいぞう》、入道兄弟《にゅうどうきょうだい》は、家康《いえやす》の本陣《ほんじん》へ乗《の》りこもうとしていた。

すると、三人《にん》の若《わか》い武士《ぶし》が、荷車《にぐるま》に何《なに》かをつみ、運《はこ》んでいるのが見《み》えた。

「若《わか》との。あそこを行《い》くのは、成瀬正武《なるせまさたけ》の家来《けらい》たちです。ということは、このあたりに、秀忠《ひでただ》がいるかもしれません」

成瀬正武《なるせまさたけ》は、子《こ》どもの頃《ころ》から秀忠《ひでただ》の側近《そばちか》くにつかえる者《もの》だという。

「何《なに》。それはたしかか」

「はい。何度《なんど》かさぐりを入《い》れたので、顔《かお》を覚《おぼ》えています」

才蔵《さいぞう》が言《い》うなら、まちがいないだろう。

大助《だいすけ》は考《かんが》えた。

——家康《いえやす》の方《ほう》は、父上《ちちうえ》がかならず見《み》つけだすだろう。

加《くわ》えて、ここで自分《じぶん》が秀忠《ひでただ》の首《くび》を取《と》ることができれば。

そうすれば、徳川方《とくがわがた》を完全《かんぜん》に敗北《はいぼく》させることができる。

「よし、あの者《もの》たちのあとをつけてみよう」

四人《にん》は、そっと、荷車《にぐるま》のあとをつけた。奈良街道《ならかいどう》を進《すす》んでいくようだ。

ひゅっ。

風切《かざき》り音《おん》がした。道《みち》ばたの木《き》の上《うえ》から、大助《だいすけ》をめがけて、矢《や》が飛《と》んできた。

「あぶない！」

とっさに振《ふ》りはらった才蔵《さいぞう》の腕《うで》に、矢《や》が刺《さ》さった。

「才蔵《さいぞう》！」

「だいじょうぶですよ。これくらい。かすり傷《きず》です」

才蔵《さいぞう》はすこしだけ顔《かお》をしかめながら、自分《じぶん》で矢《や》を引《ひ》きぬいた。

清海入道《せいかいにゅうどう》と伊三入道《いさにゅうどう》が、その木《き》を鉄《てつ》の棒《ぼう》で一撃《いちげき》すると、忍《しの》びの者《もの》がひとり、すばやくおりてきて、逃《に》げようとした。

「逃《に》がすか！」

ふたりが追《お》いかけ、鉄《てつ》の棒《ぼう》で足《あし》をはらって、生《い》け捕《ど》りにした。

「どこの手《て》の者《もの》だ。真田《さなだ》の若《わか》さまと知《し》ったうえでの襲撃《しゅうげき》か！」

問《と》いかけると、その者《もの》は口《くち》もとから血《ち》を流《なが》し、がっくりと首《くび》を垂《た》れた。

「しまった！　毒《どく》を口《くち》にしこんでいやがったのか」

入道《にゅうどう》たちが悔《くや》しがっている横《よこ》で、才蔵《さいぞう》の顔色《かおいろ》がみるみる、土気色《つちけいろ》に変《か》わっていく。

「才蔵《さいぞう》。どうしたのだ」

「どうやら、矢《や》に、毒《どく》がしこまれていたようです。若《わか》との、もうここは深追《ふかお》いせず、大坂城《おおさかじょう》へもどって、父上《ちちうえ》の帰《かえ》りをお待《ま》ちください。入道《にゅうどう》、必《かなら》ず、若《わか》とのを無事《ぶじ》にお送《おく》りしてくれ」

「才蔵《さいぞう》、しかし、ここまで来《き》て、そなたを置《お》いては」

「いけません。今思《いまおも》えば、はじめから敵《てき》のわなだったのかもしれません。うかつでした。さ、はやく、お、も、ど、り、……」

「才蔵《さいぞう》！」

大助《だいすけ》は才蔵《さいぞう》の体《からだ》にすがった。まだあたたかいが、呼吸《こきゅう》は完全《かんぜん》に止《と》まっている。

「才蔵《さいぞう》。私《わたし》のかわりに。すまなかった」

しかし、罠《わな》かもしれぬ、とわかったうえは、一刻《いっこく》も早《はや》くここを離《はな》れなければならない。

大助《だいすけ》はうしろ髪《がみ》を引《ひ》かれつつも、入道兄弟《にゅうどうきょうだい》に守《まも》られながら、大坂城《おおさかじょう》へもどった。

「よく、ご無事《ぶじ》で……」

留守《るす》を守《まも》っていた海野《うんの》が、きびしい顔《かお》をしている。

仲間《なかま》の死《し》に加《くわ》え、つぎつぎと、豊臣方《とよとみがた》の劣勢《れっせい》の知《し》らせが入《はい》ってくるらしい。

「では、若《わか》との。われらはここで。海野《うんの》、たのんだぞ」

城《しろ》へ着《つ》くと、清海入道《せいかいにゅうどう》と伊三入道《いさにゅうどう》は、ふたたび外《そと》へ出《で》ようとした。

「なんだ、入道《にゅうどう》たち。どこへ行《い》く？」

「才蔵《さいぞう》の、弔《とむら》い合戦《がっせん》ですよ。あのままにはしたくない。では、殿《との》によろしくお伝《つた》えください」

——入道《にゅうどう》たち。死《し》ぬなよ。かならず、もどってこい……。

大助《だいすけ》の心《こころ》の声《こえ》が、ふたりに届《とど》いたかどうかは、わからなかった。

家康《いえやす》に迫《せま》る

一方《いっぽう》、幸村《ゆきむら》と鎌之助《かまのすけ》は、家康《いえやす》が本陣《ほんじん》を置《お》いている、道明寺《どうみょうじ》という寺《てら》にたどりついた。

植《う》えこみに身《み》をひそめて中《なか》をのぞきこむと、境内《けいだい》では、討《う》ちとった敵将《てきしょう》の首《くび》をたしかめる、首《くび》実検《じっけん》が行《おこな》われていた。

「なんだ、この四つの首《くび》は。こんなに焼《や》けていては、人相《にんそう》がわからぬではないか」

家康《いえやす》の側近《そっきん》、大久保忠教《おおくぼただたか》の声《こえ》である。

――望月《もちづき》、筧《かけい》、根津《ねづ》、小助《こすけ》……。

幸村《ゆきむら》はこみあげてくるつらい思《おも》いを必死《ひっし》でこらえながら、聞《き》こえてくる声《こえ》を一言《ひとこと》も聞《き》きもらすまいとした。家康《いえやす》の居場所《いばしょ》が、分《わ》かるかも知《し》れない。

「はあ。この中《なか》のどれかが、真田幸村《さなだゆきむら》だと思《おも》われます」

「なんだと、本当《ほんとう》か。あれを討《う》ちとったというなら、めでたいことだ」

――今《いま》のは家康《いえやす》の声《こえ》だ。まちがいない。

幸村《ゆきむら》は刀《かたな》をぬき、鎌之助《かまのすけ》は槍《やり》をかまえて、急《いそ》ぎ、声《こえ》のした方《ほう》へ踏《ふ》みこんだ。

「曲者《くせもの》だ！　曲者《くせもの》」

早《はや》くも、家康《いえやす》のまわりを、三十人《にん》ほどの侍《さむらい》が取《と》りかこんでいる。

どうしても、姿《すがた》が見《み》えない。

「本物《ほんもの》の幸村《ゆきむら》はここだ。家康《いえやす》、この期《ご》におよんで姿《すがた》も見《み》せぬとは卑怯《ひきょう》だぞ」

「何《なに》、まだ生《い》きていたのか。それとも、そなたも影武者《かげむしゃ》か。あるいは、この世《よ》の者《もの》ではないか。いずれにせよ、相手《あいて》を卑怯《ひきょう》よばわりするのは、負《ま》け犬《いぬ》の遠吠《とおぼ》えだ。わしを討《う》てるものなら討《う》ってみよ」

家康《いえやす》の守《まも》りはかたかった。

どうしても、どこに本人《ほんにん》がいるのか、わからぬまま、警固《けいご》の侍《さむらい》がつぎつぎとこちらへ斬《き》りかかってくる。

鎌之助《かまのすけ》とふたり、どうにか全員《ぜんいん》を斬《き》りはらったときは、すでに大久保《おおくぼ》も家康《いえやす》も、寺《てら》から逃《に》げてしまったあとだった。

そろそろ、日《ひ》が暮《く》れてくる。悔《くや》しいが、今《いま》のうちに大坂城《おおさかじょう》へもどるしかないらしい。

幸村《ゆきむら》は、せめてと思《おも》い、境内《けいだい》に置《お》き去《ざ》りにされた四つの首《くび》を、寺《てら》の本堂《ほんどう》の、御仏《みほとけ》の前《まえ》に置《お》きなおし、深《ふか》く深《ふか》く一礼《いちれい》して、その場《ば》をあとにした。

薩摩《さつま》へ

大坂城《おおさかじょう》の二の丸《まる》では、佐助《さすけ》が幸村《ゆきむら》を待《ま》ちわびていた。

「殿《との》。薩摩《さつま》から、船《ふね》がむかえにまいりました」

「そうか。海野《うんの》。戦況《せんきょう》はどうだ」

「はい。もはや、落城《らくじょう》は時間《じかん》の問題《もんだい》でございましょう」

「うむ……秀頼《ひでより》さまは、いずこにおいでになる」

「もうじき、こちらへお出《で》ましくださることになっています」

しばらくすると、後藤基次《ごとうもとつぐ》と長宗我部盛親《ちょうそかべもりちか》にともなわれて、秀頼《ひでより》が姿《すがた》をみせた。

花《はな》のごとしとうたわれた容顔《ようがん》には、二十三歳《さい》の若者《わかもの》にしては深《ふか》すぎる、いくつものしわが刻《きざ》まれている。

――ご心労《しんろう》を、つくされたな。お気《き》の毒《どく》に。

「秀頼《ひでより》さま。以前《いぜん》にお話《はな》しした、薩摩《さつま》へ落《お》ちのびる件《けん》ですが、ご決心《けっしん》はおつきになりましたか」

「うむ。もはや、やむをえまいな。だが、幸村《ゆきむら》、母上《ははうえ》は、いかがなるであろう……」

――おやさしすぎるのが、この方《かた》の唯一《ゆいいつ》の欠点《けってん》だ。

「秀頼《ひでより》さま。まさかこの件《けん》、淀《よど》のお方《かた》さまに、お話《はな》しになったのではありますまいね」

「もちろんだ。さようなことは申《もう》さぬ」

「さようですか。ならば、お心残《こころのこ》りとは存《ぞん》じますが、このまま、何《なに》も言《い》わずに、某《それがし》といっしょにまいりましょう。何《なに》か言《い》えば、かえって未練《みれん》が残《のこ》ります」

淀殿《よどどの》は勘《かん》のするどいところがある。気《き》の毒《どく》だが、今《いま》この大切《たいせつ》なときに、秀頼《ひでより》に会《あ》わせる訳《わけ》にはいかなかった。

「秀頼《ひでより》さま。ここは、真田《さなだ》どのの言《い》うとおりになさってください。すべては、亡《な》き秀吉《ひでよし》さまの志《こころざし》をつぐためでございます」

長宗我部《ちょうそかべ》が言葉《ことば》をつくして、秀頼《ひでより》をさとした。

家康《いえやす》から追《お》っ手《て》がかからぬよう、幸村《ゆきむら》も、秀頼《ひでより》も、「死《し》んだ」ことにして、すべては極秘《ごくひ》のうちに、薩摩《さつま》までたどりつかなければならない。

「わかった。そなたたちの言《い》うとおりにしよう。よろしく頼《たの》む」

「もったいなきお言葉《ことば》でございます。よくご決断《けつだん》くださいました。では、後藤《ごとう》どの、長宗我部《ちょうそかべ》どの。よろしくご同道願《どうどうねが》う」

「うけたまわった」

すぐに返事《へんじ》をした後藤《ごとう》に対《たい》し、長宗我部《ちょうそかべ》は首《くび》を横《よこ》にふった。

「某《それがし》は、老齢《ろうれい》ゆえ、ご同道《どうどう》してはみなさまの足手《あしで》まといになりましょう。大坂城《おおさかじょう》へ残《のこ》って、すべてを見《み》とどけるつもりでおります。真田《さなだ》どの、後藤《ごとう》どの。おふたりはまだまだお若《わか》い。どうか、かならず秀頼《ひでより》さまをお守《まも》りして、徳川《とくがわ》の天下《てんか》をくつがえしてくだされ」

「長宗我部《ちょうそかべ》どの……」

「真田《さなだ》どの。そなたが豊臣方《とよとみがた》にいてくださったことは、まことに天《てん》の配剤《はいざい》じゃ。どうか、堅固《けんご》で、薩摩《さつま》へ」

幸村《ゆきむら》と長宗我部《ちょうそかべ》、後藤《ごとう》は、誰言《だれい》うともなく、おのおのの短刀《たんとう》をぬくと、刃《やいば》をかちん、と重《かさ》ねあわせた。金打《きんちょう》とよばれる、武士同士《ぶしどうし》の、固《かた》い固《かた》い約束《やくそく》の、儀式《ぎしき》であった。

入道《にゅうどう》たちの最期《さいご》

幸村《ゆきむら》と秀頼《ひでより》の一行《いっこう》が、大坂城《おおさかじょう》の抜《ぬ》け穴《あな》のひとつから、薩摩《さつま》の船《ふね》がいるという、兵庫《ひょうご》の浦《うら》まで、極秘《ごくひ》の脱出《だっしゅつ》をはかっていた頃《ころ》。

清海入道《せいかいにゅうどう》と伊三入道《いさにゅうどう》の兄弟《きょうだい》は、真田軍《さなだぐん》に残《のこ》されていた爆薬《ばくやく》をすべて身《み》につけて、大坂《おおさか》から東《ひがし》へ行《い》く街道筋《かいどうすじ》の入《い》り口《ぐち》に陣《じん》どっていた。

「ここにいれば、戦《たたか》いが終《お》わったと安心《あんしん》して関東《かんとう》へ帰《かえ》ろうとする、どこかの軍《ぐん》が通《とお》りかかるだろう。才蔵《さいぞう》への供養《くよう》に、われらの最期《さいご》、大花火《おおはなび》をあげてやろうではないか」

「うむ。真田家《さなだけ》にすべてささげた命《いのち》。もはや、これ以上《いじょう》生《い》きたいなどという望《のぞ》みはない。あの世《よ》への送《おく》り火《び》、自《みずか》ら焚《た》いてまいろうぞ」

――思《おも》えば、戦乱《せんらん》の世《よ》に、自分《じぶん》たちはずいぶんおもしろく、長生《ながい》きをさせてもらったものだ。

清海入道《せいかいにゅうどう》は、はるか西《にし》の空《そら》をながめながら、幸村《ゆきむら》と昌幸《まさゆき》に、心《こころ》から感謝《かんしゃ》した。

「兄者《あにじゃ》。辞世《じせい》の歌《うた》ができたぞ。こんなのはどうだ」

落《お》ち行《ゆ》けば　地獄《じごく》の釜《かま》を踏《ふ》み破《やぶ》り（地獄《じごく》へ落《お》ちたら、罪人《つみびと》を煮《に》るという釜《かま》を踏《ふ》み破《やぶ》って）

あほう羅刹《らせつ》に事《こと》を欠《か》かさん（番人《ばんにん》たちをめいっぱい困《こま》らせてやろう）

「地獄《じごく》にいる閻魔《えんま》の手下《てした》は、あほうじゃなくて阿傍羅刹《あぼうらせつ》だが……まあ、どうせおれたちを捕《つか》まえようなんてヤツらは、阿呆《あほう》に決《き》まっているから、まあいいか」

はるか彼方《かなた》、まだ姿《すがた》を見《み》せぬ軍勢《ぐんぜい》を前《まえ》に、ふたりは仁王立《におうだ》ちになって、からからと、いつまでも笑《わら》い声《ごえ》を立《た》てた。

出航《しゅっこう》

兵庫《ひょうご》の浦《うら》では、島津家《しまづけ》の家来《けらい》たちが、装束《しょうぞく》を正《ただ》し、うやうやしい様子《ようす》で待《ま》ちかまえていた。

「伊集院刑部《いじゅういんぎょうぶ》と申《もう》します。島津《しまづ》の殿《との》のご内意《ないい》を受《う》けまして、おむかえに参上《さんじょう》いたしました」

秀頼《ひでより》はすこしとまどった様子《ようす》だったが、すぐにゆったりとうなずき、言葉《ことば》をかえした。

「遠国《えんごく》よりはるばるの出《で》むかえ、ご苦労《くろう》であった。世話《せわ》になる」

「さ、さいわい、風《かぜ》も味方《みかた》してくれているようです。今《いま》ならすぐに出航《しゅっこう》できます」

慶長《けいちょう》二十（1615）年《ねん》六月《がつ》。

豊臣秀頼《とよとみひでより》を主君《しゅくん》とあおぐ真田一行《さなだいっこう》を乗《の》せた船《ふね》は、無事《ぶじ》、九州《きゅうしゅう》へと近《ちか》づいていた。

つきしたがったのは、長男大助《ちょうなんだいすけ》と、後藤基次《ごとうもとつぐ》、それに、十勇士《じゅうゆうし》のうちの三人《にん》、猿飛佐助《さるとびさすけ》、海野《うんの》

六郎《ろくろう》、由利鎌之助《ゆりかまのすけ》である。
青《あお》い空《そら》と青《あお》い海《うみ》に、薩摩《さつま》の帆船《はんせん》の白《しろ》い帆《ほ》が、風《かぜ》を一杯《いっぱい》にはらんで、すべるように進《すす》んでいった。

花《はな》のようなる秀頼《ひでより》さまを、
鬼《おに》のようなる真田《さなだ》がつれて、
退《の》きも退《の》いたり鹿児島《かごしま》へ

それからしばらくして、京《きょう》・大坂《おおさか》では、子《こ》どもたちが盛《さか》んに、こんな歌《うた》を歌《うた》って遊《あそ》んだといわれている。

（了《りょう》）

この本《ほん》の中《なか》に出《で》てくる主《おも》な地名《ちめい》

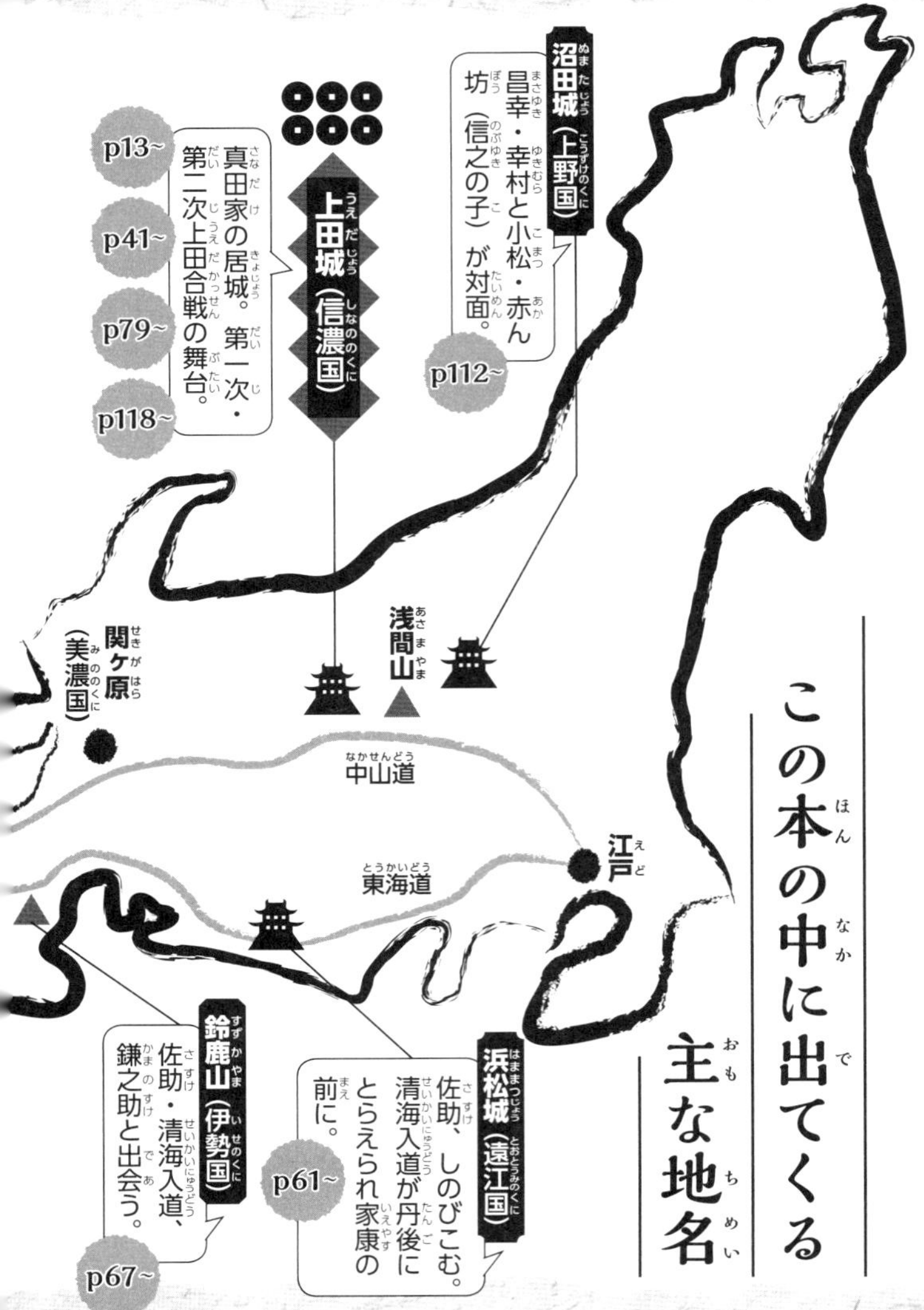

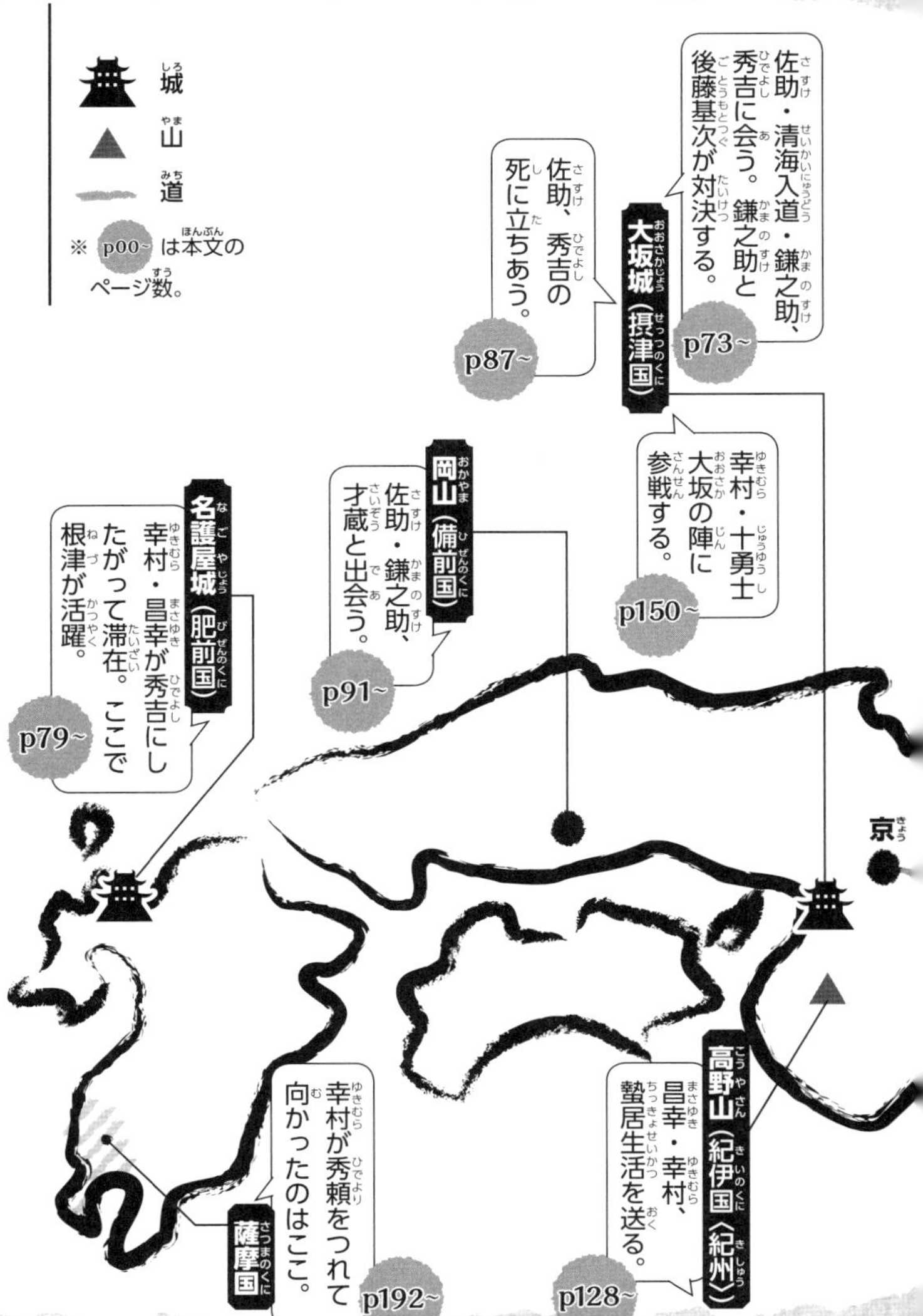
城《しろ》
山《やま》
道《みち》
※ p00~ は本文《ほんぶん》のページ数《すう》。
大坂城《おおさかじょう》（摂津国《せっつのくに》）
佐助《さすけ》・清海入道《せいかいにゅうどう》・鎌之助《かまのすけ》、秀吉《ひでよし》に会《あ》う。鎌之助《かまのすけ》と後藤基次《ごとうもとつぐ》が対決《たいけつ》する。
p73~
佐助《さすけ》、秀吉《ひでよし》の死《し》に立《た》ちあう。
p87~
幸村《ゆきむら》・十勇士《じゅうゆうし》大坂《おおさか》の陣《じん》に参戦《さんせん》する。
p150~
岡山《おかやま》（備前国《びぜんのくに》）
佐助《さすけ》・鎌之助《かまのすけ》、才蔵《さいぞう》と出会《であ》う。
p91~
名護屋城《なごやじょう》（肥前国《ひぜんのくに》）
幸村《ゆきむら》・昌幸《まさゆき》が秀吉《ひでよし》にしたがって滞在《たいざい》。ここで根津《ねづ》が活躍《かつやく》。
p79~
京《きょう》
高野山《こうやさん》（紀伊国《きいのくに》〈紀州《きしゅう》〉）
昌幸《まさゆき》・幸村《ゆきむら》、蟄居生活《ちっきょせいかつ》を送《おく》る。
p128~
薩摩国《さつまのくに》
幸村《ゆきむら》が秀頼《ひでより》をつれて向《む》かったのはここ。
p192~

戦《せん》国《ごく》年《ねん》表《ぴょう》

＊歴《れき》史《し》上《じょう》の定《てい》説《せつ》にもとづくもの。

永禄《えいろく》

- 1567年《ねん》　真《さな》田《だ》幸《ゆき》村《むら》誕《たん》生《じょう》。

天《てん》正《しょう》

- 1582年《ねん》　天《てん》目《もく》山《ざん》の戦《たたか》い（織《お》田《だ》信《のぶ》長《なが》VS武《たけ》田《だ》勝《かつ》頼《より》）。武《たけ》田《だ》家《け》滅《めつ》亡《ぼう》。本《ほん》能《のう》寺《じ》の変《へん》（明《あけ》智《ち》光《みつ》秀《ひで》VS信《のぶ》長《なが》）。織《お》田《だ》信《のぶ》長《なが》死《し》去《きょ》。山《やま》崎《ざき》の戦《たたか》い（羽《は》柴《しば》秀《ひで》吉《よし》VS光《みつ》秀《ひで》）。明《あけ》智《ち》光《みつ》秀《ひで》死《し》去《きょ》。
- 1583年《ねん》　賤《しず》ヶ《が》岳《たけ》の戦《たたか》い（秀《ひで》吉《よし》VS柴《しば》田《た》勝《かつ》家《いえ》）。
- 1585年《ねん》　秀《ひで》吉《よし》が関《かん》白《ぱく》になる。第《だい》一次上《じょう》田《え》合《だ》戦《かっせん》（神《かん》川《がわ》合《かっ》戦《せん》）（真《さな》田《だ》一《いち》族《ぞく》VS徳《とく》川《がわ》家《いえ》康《やす》）。
- 1586年《ねん》　秀《ひで》吉《よし》が太《だ》政《じょう》大《だい》臣《じん》になり、姓《せい》を豊《とよ》臣《とみ》とあらためる。
- 1590年《ねん》　小《お》田《だ》原《わら》征《せい》伐《ばつ》（豊《とよ》臣《とみ》秀《ひで》吉《よし》VS北《ほう》条《じょう》氏《うじ》直《なお》）

文禄《ぶんろく》

- 1592年《ねん》　秀《ひで》吉《よし》による朝《ちょう》鮮《せん》出《しゅっ》兵《ぺい》はじまる。
- 1593年《ねん》　秀《ひで》吉《よし》の側《そく》室《しつ》・淀《よど》殿《どの》が拾《ひろい》丸《まる》（秀《ひで》頼《より》）を産《う》む。

慶《けい》長《ちょう》

- 1598年《ねん》　豊《とよ》臣《とみ》秀《ひで》吉《よし》死《し》去《きょ》。

史《し》実《じつ》と物《もの》語《がたり》の大《おお》きな違《ちが》い

史《し》実《じつ》だと、幸《ゆき》村《むら》は、第《だい》一次《じ》上《うえ》田《だ》合《かっ》戦《せん》のときは、越《えち》後《ご》の上《うえ》杉《すぎ》家《け》に人《ひと》質《じち》に出《だ》されていた。その後《ご》、大《おお》坂《さか》の秀《ひで》吉《よし》のもとにも人《ひと》質《じち》として送《おく》られた！

物《もの》語《がたり》では、第《だい》一次《じ》上《うえ》田《だ》合《かっ》戦《せん》が、本《ほん》能《のう》寺《じ》の変《へん》の前《まえ》に起《お》こっているよ！

『真《さな》田《だ》幸《ゆき》村《むら》と十《じゅう》勇《ゆう》士《し》』の物《もの》語《がたり》の中《なか》の年《ねん》表《ぴょう》

＊■部《ぶ》分《ぶん》は十《じゅう》勇《ゆう》士《し》の動《うご》き

永禄《えいろく》

- 1567年《ねん》　真《さな》田《だ》幸《ゆき》村《むら》が武《たけ》田《だ》家《け》重《じゅう》臣《しん》・真《さな》田《だ》昌《まさ》幸《ゆき》の次《じ》男《なん》として生《う》まれる。

天《てん》正《しょう》

- 1581年《ねん》　猿《さる》飛《とび》佐《さ》助《すけ》が幸《ゆき》村《むら》の家《け》来《らい》になる。
- 1582年《ねん》
  - 2月《がつ》　昌《まさ》幸《ゆき》と幸《ゆき》村《むら》、武《たけ》田《だ》勝《かつ》頼《より》救《きゅう》出《しゅつ》のため、天《てん》目《もく》山《さん》へ。途《と》中《ちゅう》、勝《かつ》頼《より》死《し》去《きょ》の報《ほう》をうけ、勝《かつ》頼《より》の子《こ》・勝《かつ》千《ち》代《よ》を連《つ》れて引《ひ》きかえす途《と》上《じょう》、北《ほう》条《じょう》氏《うじ》政《まさ》軍《ぐん》の真《ま》っ直《ただ》中《なか》を知《ち》略《りゃく》にてすり抜《ぬ》ける。
  - 3月《がつ》　織《お》田《だ》・徳《とく》川《がわ》・北《ほう》条《じょう》連《れん》合《ごう》軍《ぐん》との第《だい》一次上《じょう》田《え》合《だ》戦《かっせん》がおこる。真《さな》田《だ》軍《ぐん》、敵《てき》を様《さま》々《ざま》な作《さく》戦《せん》で撃《げき》退《たい》。羽《は》柴《しば》秀《ひで》吉《よし》の仲《ちゅう》介《かい》で停《てい》戦《せん》し、織《お》田《だ》家《け》にしたがうことになる。
  - 6月《がつ》　本《ほん》能《のう》寺《じ》の変《へん》を知《し》った幸《ゆき》村《むら》が、佐《さ》助《すけ》と三《み》好《よし》清《せい》海《かい》入《にゅう》道《どう》に世《せ》上《じょう》探《たん》索《さく》の旅《たび》に出《で》るよう命《めい》じる。
- 1586年《ねん》頃《ごろ》　佐《さ》助《すけ》と清《せい》海《かい》入《にゅう》道《どう》が旅《りょ》中《ちゅう》に出《で》会《あ》った、由《ゆ》利《り》鎌《かま》之《の》助《すけ》が仲《なか》間《ま》に加《くわ》わる。鎌《かま》之《の》助《すけ》が、秀《ひで》吉《よし》のいる大《おお》坂《さか》城《じょう》で御《ご》前《ぜん》槍《やり》試《じ》合《あい》をおこなう。
- 1587年《ねん》　勝《かつ》千《ち》代《よ》死《し》去《きょ》。

文禄《ぶんろく》

- 1592年《ねん》　幸《ゆき》村《むら》と昌《まさ》幸《ゆき》が、朝《ちょう》鮮《せん》出《しゅっ》兵《ぺい》待《たい》機《き》のため肥《ひ》前《ぜん》国《のくに》にむかう。
- 1593年《ねん》　8月《がつ》　幸《ゆき》村《むら》が、根《ね》津《づ》甚《じん》八《ぱち》を連《つ》れて肥《ひ》前《ぜん》国《のくに》より上《うえ》田《だ》城《じょう》にもどる。

慶《けい》長《ちょう》

- 1598年《ねん》　佐《さ》助《すけ》が秀《ひで》吉《よし》の臨《りん》終《じゅう》の場《ば》に立《た》ちあう。（8月《がつ》）幸《ゆき》村《むら》に秀《ひで》吉《よし》の死《し》を知《し》らせるため、清《せい》海《かい》入《にゅう》道《どう》が信《しな》濃《の》へ。幸《ゆき》村《むら》の命《めい》令《れい》で、佐《さ》助《すけ》・鎌《かま》之《の》助《すけ》が中《ちゅう》国《ごく》、九《きゅう》州《しゅう》方《ほう》面《めん》へ。
- 1600年《ねん》頃《ごろ》　備《び》前《ぜん》岡《おか》山《やま》で、佐《さ》助《すけ》・鎌《かま》之《の》助《すけ》と霧《きり》隠《がくれ》才《さい》蔵《ぞう》が出《で》会《あ》い、仲《なか》間《ま》に。佐《さ》助《すけ》・鎌《かま》之《の》助《すけ》・才《さい》蔵《ぞう》は上《うえ》田《だ》城《じょう》へ。

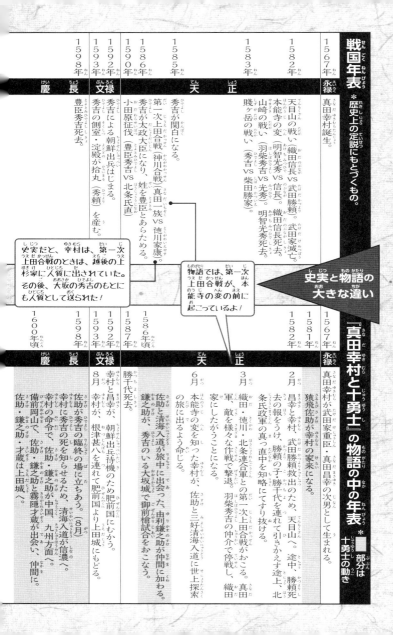

1600年《ねん》
慶《けい》長《ちょう》
上杉征伐《うえすぎせいばつ》（徳川家康《とくがわいえやす》VS 上杉景勝《うえすぎかげかつ》）
第二次上田合戦《だいじうえだかっせん》（真田一族《さなだいちぞく》VS 徳川秀忠《とくがわひでただ》）。
関ヶ原《せきがはら》の戦《たたか》い（家康《いえやす》〈東軍《とうぐん》〉VS 石田三成《いしだみつなり》〈西軍《せいぐん》〉）。

1603年《ねん》
家康《いえやす》が征夷大将軍《せいいたいしょうぐん》になり、江戸《えど》に幕府《ばくふ》を開《ひら》く。

1605年《ねん》
家康《いえやす》が将軍職《しょうぐんしょく》を秀忠《ひでただ》に譲《ゆず》り、大御所《おおごしょ》となる。

1611年《ねん》
真田昌幸《さなだまさゆき》死去《しきょ》。

1614年《ねん》
大坂冬《おおさかふゆ》の陣《じん》（家康《いえやす》VS 豊臣秀頼《とよとみひでより》）。

1615年《ねん》
大坂夏《おおさかなつ》の陣《じん》（家康《いえやす》VS 豊臣秀頼《とよとみひでより》）。豊臣家滅亡《とよとみけめつぼう》。
真田幸村《さなだゆきむら》死去《しきょ》。

1616年《ねん》
元《げん》和《な》
徳川家康《とくがわいえやす》死去《しきょ》。

史実《しじつ》だと、大坂夏《おおさかなつ》の陣《じん》で、幸村《ゆきむら》は戦死《せんし》している。でも、物語《ものがたり》ではなんと……!?

1600年《ねん》
慶《けい》長《ちょう》
7月《がつ》　昌幸《まさゆき》と幸村《ゆきむら》は家康《いえやす》による上杉討伐《うえすぎとうばつ》に参加《さんか》するが、石田三成《いしだみつなり》に加担《かたん》するため、戦線《せんせん》を離脱《りだつ》し上田城《うえだじょう》へもどる。途中《とちゅう》、小松姫《こまつひめ》たちに会《あ》う。
第二次上田合戦《だいじうえだかっせん》において、十勇士《じゅうゆうし》らの活躍《かつやく》で徳川秀忠軍《とくがわひでただぐん》を撃退《げきたい》。
関ヶ原《せきがはら》の戦《たたか》いで家康《いえやす》〈東軍《とうぐん》〉が三成《みつなり》〈西軍《せいぐん》〉を破《やぶ》る。
12月《がつ》　西軍《せいぐん》についた幸村《ゆきむら》と昌幸《まさゆき》は、蟄居《ちっきょ》を命《めい》じられ、高野山《こうやさん》へむかう。

1601年《ねん》
十勇士《じゅうゆうし》が、それぞれの役目《やくめ》を全《まっと》うする誓《ちか》いをたてる。

1611年《ねん》
昌幸死去《まさゆきしきょ》。

1614年《ねん》
8月《がつ》　幸村《ゆきむら》のもとへ大坂城《おおさかじょう》から豊臣秀頼《とよとみひでより》の使者《ししゃ》がくる。
10月9日《がつここのか》　幸村《ゆきむら》と十勇士《じゅうゆうし》らが高野山《こうやさん》を脱出《だっしゅつ》し、大坂城《おおさかじょう》へ。大坂城到着後《おおさかじょうとうちゃくご》、城外《じょうがい》に砦《とりで》「真田丸《さなだまる》」を築《きず》く。（大坂冬《おおさかふゆ》の陣《じん》）
12月11日《がつにち》　徳川軍《とくがわぐん》が真田丸《さなだまる》へ押《お》し寄《よ》せるが撃退《げきたい》する。豊臣方《とよとみがた》に不利《ふり》な条件《じょうけん》で和議《わぎ》が成立《せいりつ》。

1615年《ねん》
4月《がつ》　大坂夏《おおさかなつ》の陣《じん》がはじまる。
5月7日《がつなのか》　大坂夏《おおさかなつ》の陣《じん》における、真田軍《さなだぐん》の決戦《けっせん》はじまる。
影武者《かげむしゃ》に扮《ふん》した望月六郎《もちづきろくろう》・筧十蔵《かけいじゅうぞう》・根津《ねづ》・穴山小助《あなやまこすけ》が戦死《せんし》。
敵《てき》の毒矢《どくや》に射《い》られ才蔵《さいぞう》が戦死《せんし》。
清海入道《せいかいにゅうどう》と三好伊三入道《みよしいさにゅうどう》が敵《てき》を待《ま》ち伏《ぶ》せて爆死《ばくし》？
鎌之助《かまのすけ》が幸村《ゆきむら》とともに家康《いえやす》を追《お》いつめるも取《と》り逃《に》がす。
6月《がつ》　幸村《ゆきむら》が長男《ちょうなん》の大助《だいすけ》・佐助《さすけ》・海野六郎《うんのろくろう》・鎌之助《かまのすけ》らと、秀頼《ひでより》をつれて薩摩《さつま》へ。

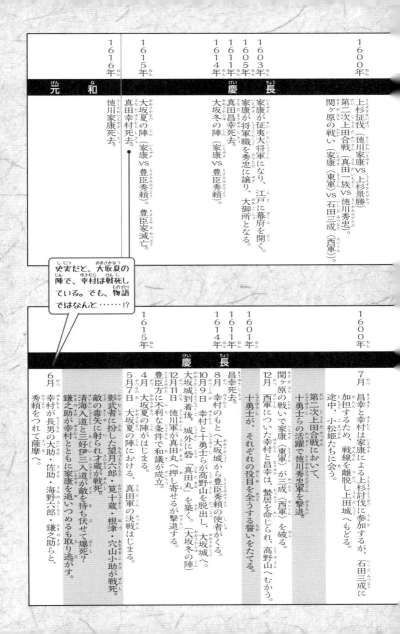

あとがき〜幸《ゆき》村《むら》の人気《にんき》の理由《りゆう》は？〜

真田《さなだ》幸村《ゆきむら》と十勇士《じゅうゆうし》の物語《ものがたり》、楽《たの》しんでいただけたでしょうか？

みらい文庫《ぶんこ》伝記《でんき》シリーズ『戦国《せんごく》ヒーローズ‼』をはじめ、歴史上《れきしじょう》の記録《きろく》に基《もと》づくものでは、幸《ゆき》村《むら》は大坂夏《おおさかなつ》の陣《じん》で討《う》ち死《じ》にし、また豊臣秀頼《とよとみひでより》も、同《おな》じ頃《ころ》自害《じがい》したと書《か》かれています。

ただ、大坂《おおさか》の陣《じん》において、幸村《ゆきむら》（歴史《れきし》の記録《きろく》では、信繁《のぶしげ》という名《な》の方《ほう》が一般的《いっぱんてき》です）がたいへん活躍《かつやく》し、いろんな作戦《さくせん》を使《つか》って徳川方《とくがわがた》を手《て》こずらせたのは本当《ほんとう》であったようです。そのため、家康《いえやす》は、幸村《ゆきむら》が死《し》んだと聞《き》いても、「もしかしたら、まだ生《い》きていて、何《なに》か作戦《さくせん》をしかけてくるのではないか」とうたがうのを、なかなかやめられなかったということが伝《つた》えられました。

このことが、のちのち、一般《いっぱん》の人々《ひとびと》に知《し》られていき、「じつは、本当《ほんとう》に生《い》きていたら？」↓「ならば、きっと、秀頼《ひでより》も生《い》きていて、幸村《ゆきむら》に守《まも》られているのでは？」↓「ならばきっと、薩摩《さつま》あたりに、いっしょにひそんでいるにちがいない」という、果《は》てしない想像《そうぞう》をかきたてるきっかけになったと言《い》えるでしょう。

日本《にほん》の古典文学《こてんぶんがく》や芸能《げいのう》には、幸村《ゆきむら》のように、「大《おお》きな権力《けんりょく》の座《ざ》についた人《ひと》に、最後《さいご》まで逆《さか》らったり、あるいは、うとまれたりして、亡《な》くなった人《ひと》」が主人公《しゅじんこう》となって、フィクション——物語《ものがたり》が生《う》み出《だ》され、楽《たの》しまれるという傾向《けいこう》が古《ふる》くから多《おお》く見《み》られます。

また、現代《げんだい》のスポーツ観戦《かんせん》などの楽《たの》しみ方《かた》においても、「とても強《つよ》いと評判《ひょうばん》の相手《あいて》に対《たい》し、いろいろな面《めん》で条件《じょうけん》が不利《ふり》だけれども、立《た》ち向《む》かっていく」ような、人《ひと》やチームに、人気《にんき》が集《あつ》まったりすることがあります。

こうした傾向《けいこう》は、「判官《ほうがん》びいき」と呼《よ》ばれています。

「判官《ほうがん》びいき」は、平安時代末期《へいあんじだいまっき》の武士《ぶし》、源義経《みなもとのよしつね》に由来《ゆらい》する言葉《ことば》です。

義経《よしつね》は、鎌倉幕府《かまくらばくふ》を開《ひら》いた源頼朝《みなもとのよりとも》の弟《おとうと》で、はじめは頼朝《よりとも》の下《もと》で、平家《へいけ》と戦《たたか》ってたくさんの手柄《てがら》を立《た》てました。ところが、しだいに頼朝《よりとも》から「自分《じぶん》にしたがわず、勝手《かって》なことをする」とうたがわれたり、憎《にく》まれたりするようになり、最後《さいご》にははっきり「敵《てき》」とされて、追《お》われる身《み》となってしまいます。

兄《あに》から追《お》われた義経《よしつね》は、奥州《おうしゅう》（現在《げんざい》の東北地方《とうほくちほう》）で強《つよ》い力《ちから》を持《も》っていた、藤原秀衡《ふじわらのひでひら》らの一族《いちぞく》を頼《たよ》って逃《に》げますが、逃《に》げきれず、自害《じがい》しました。

この義経《よしつね》の最期《さいご》に、同情《どうじょう》した人《ひと》は多《おお》かったようで、のちの時代《じだい》になると、義経《よしつね》を主人公《しゅじんこう》にした物語《ものがたり》がたくさん作《つく》られました。その中《なか》には、「じつは義経《よしつね》は奥州《おうしゅう》では死《し》なず、蝦夷地《えぞち》（現在《げんざい》の北《ほっ》海道《かいどう》）まで行《い》った」、「北海道《ほっかいどう》からさらに大陸《たいりく》へわたり、チンギス・ハーンとなった」というような壮大《そうだい》なフィクションが含《ふく》まれています。

義経《よしつね》が、兄《あに》・頼朝《よりとも》の許可《きょか》を得《え》ないで朝廷《ちょうてい》から官職《かんしょく》をもらったことが、あとでうたがわれるきっかけのひとつになったこと、その官職名《かんしょくめい》が「判官《ほうがん》」であったことから、義経《よしつね》のような人《ひと》に対《たい》して人々《ひとびと》が抱《いだ》く親《した》しみや同情《どうじょう》の気持《きも》ちを「判官《ほうがん》びいき」と呼《よ》ぶようになりました。

徳川家康《とくがわいえやす》という、三百年近《びゃくねんちか》くもつづく幕府《ばくふ》の基礎《きそ》を作《つく》った偉大《いだい》な権力者《けんりょくしゃ》に、幸村《ゆきむら》は最後《さいご》まで抵《てい》抗《こう》しました。幸村《ゆきむら》をめぐる物語《ものがたり》が愛《あい》された背景《はいけい》には、こうした「判官《ほうがん》びいき」を好《この》む、日本《にほん》の物《もの》語《がたり》の伝統《でんとう》が深《ふか》くかかわっていると思《おも》われます。

じつは、こうした「判官《ほうがん》びいき」の要素《ようそ》を持《も》つ物語《ものがたり》は、義経《よしつね》よりも前《まえ》、もっとずっと古《ふる》い古典《こてん》文学《ぶんがく》や芸能《げいのう》などにも、たくさんあります。たとえば、神話《しんわ》の『古事記《こじき》』にある、「倭建《やまとたける》」のお話《はなし》などは、そのもっとも古《ふる》いひとつと言《い》うことができるでしょう（興味《きょうみ》のある人《ひと》は、みらい文庫《ぶんこ》『日本《にほん》の神《かみ》さまたちの物語《ものがたり》』を読《よ》んでみてください）。

また、ちょっと新《あたら》しいところでは、幕末《ばくまつ》から明治《めいじ》のはじめにかけて活躍《かつやく》した、西郷隆盛《さいごうたかもり》についても、似《に》たような物語《ものがたり》が伝《つた》わっています。

西南戦争《せいなんせんそう》で死《し》んだとされた西郷《さいごう》が、実《じつ》は台湾《たいわん》へ逃《に》げて生《い》きていたというようなフィクションが生《う》まれ、「向《む》こうに子孫《しそん》がいる」などの物語《ものがたり》が作《つく》られた例《れい》などもあります（西郷隆盛《さいごうたかもり》に興味《きょうみ》のある人《ひと》は、みらい文庫伝記《ぶんこでんき》シリーズ『幕末《ばくまつ》ヒーローズ!!』を読《よ》んでみてください）。

また、「判官《ほうがん》びいき」の主役《しゅやく》には、必《かなら》ず、とても忠実《ちゅうじつ》で頼《たよ》りになる家来《けらい》がつきしたがっています。義経《よしつね》には、武蔵坊弁慶《むさしぼうべんけい》という家来《けらい》がありましたし、倭建《やまとたける》にも、西郷《さいごう》にも、最後《さいご》の最後《さいご》までうらぎらない家来《けらい》がいました。幸村《ゆきむら》の十勇士《じゅうゆうし》の活躍《かつやく》は、この「忠実《ちゅうじつ》な家来《けらい》」の要素《ようそ》を、最大限《さいだいげん》、いろんな形《かたち》に変化《へんか》させ、人数《にんずう》も増《ふ》やして、拡大《かくだい》して描《えが》いたものと言《い》えるかもしれません。

幸村《ゆきむら》と十勇士《じゅうゆうし》については、「まえがき」でお話《はな》ししたような江戸《えど》から昭和《しょうわ》にいたるまでの物語《ものがたり》に引《ひ》きつづいて、現代《げんだい》でも、多《おお》くの小説《しょうせつ》、漫画《まんが》、映画《えいが》、TV《テレビ》番組《ばんぐみ》などで、くりかえし、新《あたら》しい物《もの》語《がたり》が作《つく》りつづけられています。

今回《こんかい》の物語《ものがたり》を読《よ》んでくれたみなさんの中《なか》から、「自分《じぶん》も新《あたら》しい物語《ものがたり》を作《つく》ってみようかな」なんて思《おも》ってくれる方《かた》があらわれたら、とてもうれしいです。そう思《おも》った方《かた》は、ぜひ、みらい文庫《ぶんこ》まで、お便《たよ》りをくださいね。お待《ま》ちしています。

2015年秋《ねんあき》

奥山景布子《おくやまきょうこ》

【主要参考文献】

中村孝也校訂『真田三代記・越後軍記』帝国文庫　博文館
矢代和夫『真田三代記』勉誠社
土橋治重『真田三代記』ＰＨＰ文庫　ＰＨＰ研究所
立川文庫傑作集　第一巻『智謀真田幸村・真田三勇士忍術名人猿飛佐助』ノーベル書房
立川文庫傑作集　第二巻『真田三勇士忍術名人霧隠才蔵・真田家豪傑三好清海入道・武士道精華塙団右衛門』ノーベル書房
『真田十勇士と戦国最後の英雄、幸村一族の謎』歴史ＭＯＯＫ　英和出版社
笹本正治『真田氏三代』ミネルヴァ日本評伝選　ミネルヴァ書房

この作品《さくひん》は、集英社《しゅうえいしゃ》みらい文庫《ぶんこ》のために書《か》き下《お》ろされたものです。

集英社みらい文庫

真《さな》田《だ》幸《ゆき》村《むら》と十《じゅう》勇《ゆう》士《し》

奥山《おくやま》景布《きょう》子《こ》 著
RICCA《リッカ》 絵

ファンレターのあて先
〒101-8050 東京都千代田区一ツ橋2-5-10 集英社みらい文庫編集部
いただいたお便りは編集部から先生におわたしいたします。

2015年11月10日 第1刷発行
2016年4月12日 第5刷発行

発行者 鈴木晴彦
発行所 株式会社 集英社
〒101-8050 東京都千代田区一ツ橋2-5-10
電話 編集部 03-3230-6246
読者係 03-3230-6080
販売部 03-3230-6393(書店専用)
http://miraibunko.jp
装丁 +++ 野田由美子 中島由佳理
印刷 大日本印刷株式会社 凸版印刷株式会社
製本 大日本印刷株式会社

★この作品はフィクションです。
ISBN978-4-08-321295-6 C8293 N.D.C.913 204P 18cm
©Okuyama Kyoko RICCA 2015 Printed in Japan

定価はカバーに表示してあります。造本には十分注意しておりますが、乱丁、落丁（ページ順序の間違いや抜け落ち）の場合は、送料小社負担にてお取替えいたします。購入書店を明記の上、集英社読者係宛にお送りください。但し、古書店で購入したものについてはお取替えできません。
本書の一部、あるいは全部を無断で複写（コピー）、複製することは、法律で認められた場合を除き、著作権の侵害となります。また、業者など、読者本人以外による本書のデジタル化は、いかなる場合でも一切認められませんのでご注意ください。

既刊案内《きかんあんない》 ～日本《にほん》の名作《めいさく》、伝記《でんき》シリーズ～

日本《にほん》の神《かみ》さまたちの物語《ものがたり》
はじめての「古事記《こじき》」

奥山景布子《おくやまきょうこ》・著　佐嶋真実《さじままこと》・絵

日本最古《にほんさいこ》の歴史書《れきししょ》「古事記《こじき》」。
わかりやすい言葉《ことば》で書《か》かれた
物語《ものがたり》と、ていねいな解説《かいせつ》が、
大好評《だいこうひょう》の一冊《いっさつ》！

伝記《でんき》シリーズ

千年前《せんねんまえ》から人気作家《にんきさっか》!
清少納言《せいしょうなごん》と紫式部《むらさきしきぶ》

奥山景布子《おくやまきょうこ》・著　森川《もりかわ》 泉《いずみ》・絵

平安《へいあん》の天才作家《てんさいさっか》ふたりが、
現代《げんだい》によみがえったように
語《かた》りかけてくるスタイルの伝記《でんき》！

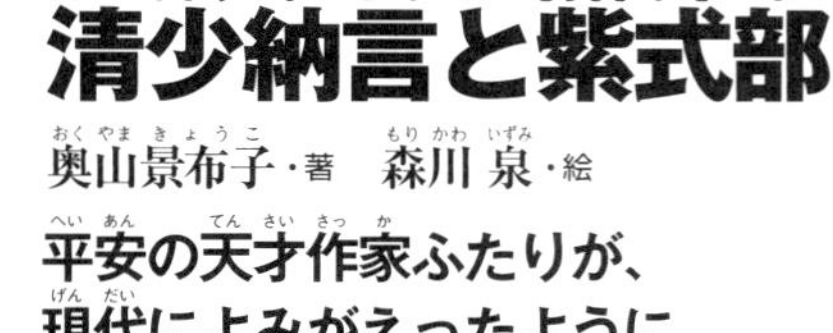

集英社《しゅうえいしゃ》みらい文庫《ぶんこ》 おすすめ! 奥山景布子《おくやまきょうこ》の

伝記《でんき》シリーズ

戦国《せんごく》ヒーローズ!!

天下《てんか》をめざした8人《にん》の武将《ぶしょう》
——信玄《しんげん》・謙信《けんしん》から幸村《ゆきむら》・政宗《まさむね》まで

奥山景布子《おくやまきょうこ》・著　暁《あかつき》かおり・絵

信玄《しんげん》・謙信《けんしん》・信長《のぶなが》・光秀《みつひで》・秀吉《ひでよし》・家康《いえやす》・幸村《ゆきむら》・政宗《まさむね》…戦国時代《せんごくじだい》を熱《あつ》く生《い》きた8人《にん》の伝記《でんき》!

伝記《でんき》シリーズ

幕末《ばくまつ》ヒーローズ!!

坂本龍馬《さかもとりょうま》・西郷隆盛《さいごうたかもり》……
日本《にほん》の夜明《よあ》けをささえた8人《にん》!

奥山景布子《おくやまきょうこ》・著　佐嶋真実《さじままこと》・絵

西郷隆盛《さいごうたかもり》・木戸孝允《きどたかよし》(桂小五郎《かつらこごろう》)・坂本龍馬《さかもとりょうま》・勝海舟《かつかいしゅう》・吉田松陰《よしだしょういん》・近藤勇《こんどういさみ》・緒方洪庵《おがたこうあん》・ジョン(中浜《なかはま》)万次郎《まんじろう》……激動《げきどう》の時代《じだい》を生《い》きた8人《にん》!

「みらい文庫《ぶんこ》」読者《どくしゃ》のみなさんへ

言葉《ことば》を学《まな》ぶ、感性《かんせい》を磨《みが》く、創造力《そうぞうりょく》を育《はぐく》む……、読書《どくしょ》は「人間力《にんげんりょく》」を高《たか》めるために欠《か》かせません。たった一枚《いちまい》のページをめくる向《む》こう側《がわ》に、未知《みち》の世界《せかい》、ドキドキのみらいが無限《むげん》に広《ひろ》がっている。これこそが「本《ほん》」だけが持《も》っているパワーです。

学校《がっこう》の朝《あさ》の読書《どくしょ》に、休《やす》み時間《じかん》に、放課後《ほうかご》に……。いつでも、どこでも、すぐに続《つづ》きを読《よ》みたくなるような、魅力《みりょく》に溢《あふ》れる本《ほん》をたくさん揃《そろ》えていきたい。読書《どくしょ》がくれる、心《こころ》がきらきらしたり胸《むね》がきゅんとする瞬間《しゅんかん》を体験《たいけん》してほしい、楽《たの》しんでほしい。みらいの日本《にほん》、そして世界《せかい》を担《にな》うみなさんが、やがて大人《おとな》になった時《とき》、「読書《どくしょ》の魅力《みりょく》を初《はじ》めて知《し》った本《ほん》」「自分《じぶん》のおこづかいで初《はじ》めて買《か》った一冊《いっさつ》」と思《おも》い出《だ》してくれるような作品《さくひん》を一所懸命《いっしょけんめい》、大切《たいせつ》に創《つく》っていきたい。

そんないっぱいの想《おも》いを込《こ》めながら、作家《さっか》の先生方《せんせいがた》と一緒《いっしょ》に、私《わたし》たちは素敵《すてき》な本作《ほんづく》りを続《つづ》けていきます。「みらい文庫《ぶんこ》」は、無限《むげん》の宇宙《うちゅう》に浮《う》かぶ星《ほし》のように、夢《ゆめ》をたたえ輝《かがや》きながら、次々《つぎつぎ》と新《あたら》しく生《う》まれ続《つづ》けます。

本《ほん》を持《も》つ、その手《て》の中《なか》に、ドキドキするみらい――。

本《ほん》の宇宙《うちゅう》から、自分《じぶん》だけの健《すこ》やかな空想力《くうそうりょく》を育《そだ》て、〝みらいの星《ほし》〟をたくさん見《み》つけてください。

そして、大切《たいせつ》なこと、大切《たいせつ》な人《ひと》をきちんと守《まも》る、強《つよ》くて、やさしい大人《おとな》になってくれることを心《こころ》から願《ねが》っています。

2011年《ねん》 春《はる》

集英社《しゅうえいしゃ》みらい文庫編集部《ぶんこへんしゅうぶ》